플나나 농장의 휴식

선자은 장편소설

미래인

땀 흘린 만큼 자라나는 농작물

사랑을 주는 만큼 늘어나는 가축

나만의 집과 아름다운 전원생활

취미가 맞는 사람들과의 다양한 모임까지,

여러분이 원하는 모든 것을 누릴 수 있습니다.

현실의 시름을 잊게 해 주는 휴식처,

플나나 농장에 입장하시겠습니까?

예   아니오

등장인물

___

나연
중학교 2학년. 우연히 접속한 게임 '플나나 농장의 휴식'에 빠져 현실 세계와 멀어진다. 게임에서는 부지런히 일해 농장을 키우고, 독서 모임에도 열심이다.

한성
처음에는 나연을 다그치지만, 점점 마음을 연다. 학급 회장을 맡고 있으며 해야 할 일을 끝까지 마무리하는 성격으로 모든 일에 책임감이 강하다.

온유
초등학교 때 나연과 같은 반이었던 친구. 나연의 원래 유쾌했던 성격을 알고 있다. 중학교에서 다시 만난 나연에 마음이 간다.

도희
나연과는 같은 모둠이기는 하지만 복도에서 마주치면 인사하는 정도다. 자기가 좋아하는 친구에게는 적극적으로 다가간다.

지비
신규 유저로 고풍스러운 저택에 산다. 독서 모임에서 만난 나쥬에게 좋아하는 마음을 솔직하게 고백하지만, 어딘지 모르게 집요한 구석이 있다.

달그네
검은색 망토를 걸치고 다니며 음침한 분위기를 풍긴다. 독서 모임에서 나쥬에게 곤란한 질문을 던지곤 한다.

___

차례

플나나 농장의 나쥬

새벽 5시에 눈을 떴다. 매일매일 할 일이 많기 때문이다. 누군가는 일중독이 아니냐고 생각할 수도 있지만, 그건 농장 일을 모르고 하는 소리다. 딱 기본만 해도 할 일이 얼마나 많은지 모른다. 밤새 푹 자서 체력은 보충되었지만, 아직 정신이 몽롱하다. 늘어지게 기지개를 켜니 몸이 좀 깨어난 기분이다. 집 앞 수돗가로 나가서 차가운 물로 세수를 했다.

"그러면 오늘도 시작해 볼까."

밭으로 가려는데 우편함에 뭔가 들어 있는 것이 보였다. 선물 상자였다. 편지도 2통 있었지만, 선물부터 확인했다. 선물이 오는 것은 흔한 일이 아니었다.

"선물? 나한테?"

수신인은 바로 나, 나쥬였지만 보낸 이는 익명이었다.

"누가 보낸 거지?"

선물 상자를 열어 보니 조개껍데기를 엮어 만든 목걸이가 들어 있었다. 이걸 구하려면 멀리 바닷가 마을에 있는 시장까지 가야 했다. 시간이 오래 걸리기 때문에 쉽게 갈 수 없는 곳이었다.

"이렇게 귀한 걸 누가?"

아무리 생각해도 발신인을 알 수 없었다. 독서 모임 사람들? 아니면 이웃집 사람들? 나는 인간관계가 넓지 않은데도 보낼 만한 사람이 도무지 떠오르지 않았다.

꼬끼오!

수탉이 횃대에 올라 우렁차게 기상 신호를 보내자 이어서 암탉들의 꼬꼬댁대는 소리가 들려왔다. 나는 목걸이를 서랍장 첫 번째 칸에 잘 넣어 두고, 다시 밖으로 나섰다.

"배고프지?"

닭장으로 가서 닭에게 좁쌀을 모이로 줬다. 닭들이 먹이를 먹는 사이 몰래 달걀을 꺼내는 것도 잊지 않았다. 막 낳은 달걀들은 따스했다. 모두 병아리가 되기 전에 대부분 먹거나 시장에 내다 팔았다. 닭들에겐 늘 고맙고 미안한 마음이다.

"오늘도 고마워."

고개를 살짝 숙여 인사하고, 닭장에서 나왔다. 그러자 농장을 지키는 듬직한 반려견 쥬쥬가 내 뒤를 쫄래쫄래 쫓아왔다.

"쥬쥬, 잘 잤니? 많이 먹어."

쥬쥬에게도 아침 식사를 챙겨 줬다.

나는 서둘러 밭으로 갔다. 해가 뜨기 전에 최대한 많은 일을 해 놓는 것이 좋다. 낮에는 햇볕이 너무 뜨거워서 체력이 급격히 떨어지기 때문이다. 체력 소모가 크면 수시로 음식물을 섭취해야 해서 효율도 떨어졌다. 서둘러 밭에 물을 주고 잡초를 뽑았다. 어제도 열심히 했지만, 밤새 또 자라 있었다. 물을 주는 것보다 잡초를 뽑는 일에 더 많은 에너지를 썼다. 나는 잠시 서서 물을 마셨다. 그것만으로는 체력이 쉽게 회복되지 않았다.

꼬르륵.

"악, 배고파."

아직 밭일이 절반 이상 남았는데 벌써 체력이 다 떨어졌다는 신호가 왔다. 하, 이놈의 배는 왜 이리 빨리 꺼지는지 모르겠다. 집 안으로 들어가 아침밥을 먹기로 했다.

닭장에서 꺼내 온 따뜻한 달걀로 만든 프라이와 소금을 뿌려 만든 간단한 주먹밥. 단출한 식사였지만 든든했다. 이번 겨울을 견디려면 사치할 수 없었다. 겨울에 입을 외투는 무척이나 고가였다. 차라리 양을 구입해서 기르고 양털로 옷을 지어 입는 것이 저렴했다. 그래서 돈을 차곡차곡 은행 적금에 넣으며 모으는 중이었다. 물론 그에 앞서 옷 만드는 기술부터 배워야 했다. 그건 옆집에 사는 봉봉 여사가 가르쳐 주기로 했다. 원래 기술을 배우는 기회가 자주 오진 않지만, 시즌에 한 번만 할 수 있는 기술 교환을 하면 가능했다. 나는 봉봉 여사의 기술인 양장 기술과 내가 할 수 있는 의술을 교환할 거다.

다음 시즌에는 독서 클럽 회원인 페터 씨한테 목공 기술을 배울 예정이다. 내 의술 등급은 고급이 아니어서 의사나 간호사가 될 수는 없지만, 병이 나거나 사냥하다가 다쳤을 때 스스로 치료할 수 있는 정도는 되었다. 병원은 읍내에나 나가야 있으니까, 의술은 여러 모로 유용한 기술이었다.

"아참!"

아까 우편함에 편지가 있던 것이 뒤늦게 생각났다. 2통이나 와 있었는데 선물 때문에 잊고 있었다. 나는 설거지를 미뤄 두고, 밖으로 뛰어나가 대문 옆에 있는 우편함을 열었다.

새 편지 3통

"3통이나?"

그새 1통이 더 왔다. 독서 클럽과 봉봉 여사 그리고 읍내 서점에서 온 편지였다.

To. 나쥬

헤르만 헤세 독서 클럽에서 알립니다.

이번 주 금요일 9시 정기모임은 신입 회원 지비 씨의 집에서 열립니다.

많은 참석 부탁드립니다.

From. 헤르만 헤세 독서 클럽

"신입 회원 지비?"

지비라는 이름은 한 번도 들어 본 적 없었다. 게다가 독서 클럽은 회원들 집을 돌아가면서 진행한다. 신입 회원이 들어오자마자 집을 제공하는 일은 흔치 않았다.

"덕분에 새로운 집 구경하게 생겼네."

나는 집 구경을 좋아한다. 이곳 사람들의 집은 모두 다른 구조라 구경하는 재미가 쏠쏠하다. 처음 입주할 때는 기본적인 집 모양이지만, 돈을 모아서 업체에 의뢰하면 커스텀을 할 수 있다. 우리 집은 기본 농가 주택이고 지붕만 초록으로 바꾼 형태다. 내가 좋아하는 소설 『빨간 머리 앤』에서 앤이 살고 있는 집의 지붕이 초록이기 때문이다.

To. 나쥬
주문하신 책 『비밀의 화원』이 입고되었습니다.
플나나 서점에 방문하여 책을 구매하시기를 바랍니다.
From. 플나나 서점

"벌써 들어왔구나."
『비밀의 화원』은 다음 주 모임 책이었지만, 서점에서 빨리 일 처리를 한 덕에 미리 읽어 볼 수 있게 되었다. 내일은 가축으로 기를 양의 시세도 알아볼 겸 읍내에 가기로 했다.

To. 나쥬
왜 안 와요?
From. 봉봉 여사

마지막 편지를 열어 보고 소스라치게 놀랐다. 급히 스케줄을 보니 오늘 10시에 '봉봉 여사 집에서 브런치'라고 적혀 있었다.

"아, 오늘이었구나!"

시계를 보니 벌써 11시가 다 됐다. 망했다. 얼른 외출복으로 갈아입었다. 가뜩이나 성질 급한 봉봉 여사는 왜 연락도 없이 늦게 오느냐고 잔소리를 해 댈 것이다.

"음식 준비도 해 놨을 텐데. 내가 왜 그랬지?"

요즘 정신이 없었다. 알람 설정이라도 해 놓을 것을.

막 대문을 나서려는데, 갑자기 누군가 분노에 찬 목소리로 나를 불렀다.

"주나연!"

엄마였다.

현실 세계의 주나연

"주나연!"

엄마의 무서운 얼굴. 심장이 툭 내려앉는 것 같았다. 나는 얼른 휴대폰을 등 뒤로 감췄다.

"또! 또! 게임 중이었지!"

"아, 아냐."

"아니긴 무슨. 그 풀난다인가 뭔가 하는 게임 하고 있었겠지 뭐."

"풀난다가 아니라 플나나라고."

"지금 그게 뭐가 중요해?"

엄마가 벽시계를 가리켰다. 벌써 11시가 다 되었다. 플나나 마을에서는 오전 11시였지만, 현실 시간은 밤 11시다. 언제 이렇게 시간이 흐른 거지?

"너 숙제한다고 방에 들어간 게 8시잖아. 벌써 세 시간이나 됐는데 다 못했지? 어디 숙제한 것 좀 봐 봐."

"숙제?"

잊고 있었다. 잠깐만 접속해서 밭에 물 주고 우편함만 확인하려고 한 것뿐이었다. 숙제는 하필 사회 모둠 과제 자료조사였다. 저번에 같은 조였던 학급 회장 김한성이 이번에는 제대로 하라고 신신당부했다. 내가 대충하고 빼먹은 부분이 있어서 감점을 당한 적이 있기 때문이다.

"학원 싹 정리할 때 엄마랑 약속했잖아. 학교 숙제라도 제대로 하기. 인강 잘 듣기. 그런데 이런 식이면 엄마도 곤란해."

또 잔소리가 시작되려 했다. 정말 듣기 싫다. 나는 당장이라도 귀를 막고 싶었지만, 엄마가 엄청 화를 낼 게 뻔해서 그냥 참았다. 학원을 끊으면 다른 건 열심히 하기로 한 약속은 사실이다. 하지만 그게 어디 쉬운가. 그때는 학원 다니는 게 괴로워서 어쩔 수 없이 한 약속이었다.

엄마는 외동딸인 날 위해서라면 뭐든지 했다. 덕분에 초등학생 때는 툭하면 학교를 빠지고, 내가 가고 싶은 곳을 함께 갔다. 엄마 말로는 앞으로 치열하게 공부할 시간이 많다고 했다.

바다로 산으로 열심히 다니던 우리. 얼마나 찬란하고 아름다웠던 나날이었는지. 내가 사람들에게 상처받았을 때도 버틸 수 있었던 건 바로 그런 시간 덕분이었다.

내가 중학생이 되자 엄마는 변하기 시작했다. 이제 학교에 빠지면 안 됐고, 공부하라고도 했다. 특히 2학년이 되자 조바심은 심해졌다. 우리 학교는 1학년 때 시험을 안 보기 때문에 2학년부터가 중요했다. 겨우 나이 한 살을 더 먹었을 뿐인데 많은 것이 달라졌다. 올해 3월에는 한 번도 다녀 보지 않은 학원을 갔다가 한 달 만에 나가떨어졌다.

"너 정말 어쩌려고 그래?"

엄마는 갑자기 공부 못 시켜서 안달 난 사람처럼 굴었다. 초등학생 때까지만 놀기로 하지 않았느냐고, 오히려 나에게 따져 묻기도 했다.

하지만 그건 내가 정한 게 아니었다. 나는 자유로운 일상이 익숙해졌는데 그것을 하루아침에 바꾸는 것은 쉽지 않다. 학생은 공부하는 게 당연하다고? 나한테는 여태까지 당연한 게 아니었다. 날마다 문제집을 푸는 것은 지겹고 어려운 일이다. 다른 애들은 이미 초등학생 때 배운 영문법을 나만 모르고 연산속도도 느렸다.

중학생이 되면서 학교 수업 시간도 늘어났다. 근데 이제 2학년이 됐다며 학원까지 보내다니. 귀가 시간도 더 늦어졌다. 집에 오면 매일 밤 10시였다. 하지만 10시 이후도 나에게 온전히 주어지는 시간은 없었다. 학교와 학원 숙제까지 줄줄이 하면 자정이 지나서야 겨우 쉴 수 있었고, 잠에 곯아떨어지기 바빴다. 재미있는 일도 하나 없는데 피곤하기까지 하니까 정말 미칠 것 같았다. 그 무렵 포털 사이트 배너에서 우연히 게임 광고를 봤다.

농장 힐링 게임

플나나 농장의 휴식

아침 일찍 일어나 자연을 만끽해 보세요.

땀 흘린 만큼 자라나는 농작물

사랑을 주는 만큼 늘어나는 가축

아름다운 나만의 집과 멋진 전원생활

취미가 맞는 사람들끼리 꾸리는 다양한 클럽까지.

일하고 먹고 놀고 만들고,

여러분이 원하는 모든 것을 할 수 있습니다.

현실 세계의 주나연

"맞아. 내게 필요한 건 휴식이야."

나는 공부 대신 매일 눈부신 바다를 보고 파도 소리를 들으며 앉아 있고 싶었다. 비 온 뒤 싱그러운 풀 내음을 맡으러 산을 오르고도 싶었다. 이제 그런 일을 못 한다면 다른 휴식을 찾을 수밖에 없었다.

튜토리얼을 시작하시겠습니까?
농장에서의 휴식이 당신을 기다리고 있습니다.

망설임 없이 '예'를 눌렀다. 바람이 살랑살랑 부는 푸르른 언덕이 나왔다. 언덕에는 작고 반짝이는 날개를 가진 요정이 날아다니고 있었다. 요정을 클릭하자 플나나의 전설을 이야기해 주기 시작했다.

아주 오랜 옛날, 인간들이 없던 시절이 있었다. 자연과 동물 그리고 요정들이 어우러져 사는 세상. 요정들은 세상을 보다 좋은 곳으로 만들고 싶은 욕심이 있었다. 그래서 여러 가지 일을 하기 시작했다. 집은 이삼 층으로 쌓아 올렸고, 연못에는 물이 높이 치솟는 분수를 만들었다. 동상 옆에는 하늘을 찌를 것처럼 높은 조형물이 세워졌다. 농사짓고 필요한 것을 마련하던 공간이 화려해질수록 욕심도 점점 커졌다.

　요정들은 힘들게 만든 결과물에 만족하면서도 어떤 일을 할지 궁리했다. 하지만 한 요정은 처음부터 모든 계획에 불만이었다. 바로 플나나라는 이름의 요정이었다. 플나나는 도대체 왜 필요하지도 않은 일을 해야 하는지 이해할 수가 없었다. 낮에는 계속 일하고 밤에는 곯아떨어지느라 만든 것들을 즐길 시간이 없는 것이다. 지루한 하루하루였다.

　플나나는 다른 요정들과 달랐다. 자신이 먹기 위한 작은 텃밭만 가꾸며 욕심을 버렸다. 그러자 다른 요정들이 플나나를 게으름뱅이라고 불렀다.

　그러던 어느 날 요정들이 시름시름 앓기 시작했다. 가장 나이 많은 요정이 내뿜는 생명의 빛이 어두워진 것이다. 그걸 본 플나나가 말했다.

　"행복한 마을을 만들 요정은 나와 함께 하자."

　플나나를 게으름뱅이라고 놀리던 요정들은, 그제야 플나나가 생기 넘치고 건강해 보인다는 것을 깨달았다. 지친 요정들은 플나나와 함께 마을에서 농사를 짓고 가축을 키우기 시작했다. 자신이 필요한 만큼만 일하고 욕심 내지 않았다. 여가 시간에는 모여 앉아 이야기하거나 취미 생활도 했다. 즐겁고 행복한 하루하루가 이어졌다. 일에 지친 요정들은 하나둘 플나나 마을로 이사했다. 이윽고 모든 요정들이 함께 살게 되었다. 소박하지만 웃음소리가 끊이지 않는 마을. 그곳이 바로 플나나 마을이다.

이야기를 마친 요정은 하늘 높이 올라가 사라졌다. 나는 언덕 위에서 마을을 내려다봤다. 발아래 펼쳐진 플나나 마을은 평화롭고 아름다웠다. 사람들은 삼삼오오 모여 담소를 나누거나 함께 힘을 모아 농사일을 했다.

사람마다 재능도 달랐다. 나는 양장 기술이 좋은 봉봉 여사네 옆집을 얻었다. 처음 얻은 집은 아주 작은 농가로 아홉 칸짜리 밭과 농가, 닭 한 마리가 전부였다. 기본 자산을 가지고 돈을 불려서 밭과 가축을 사야 했다. 돈이 많으면 집도 마음에 드는 인테리어로 변경할 수 있었다.

"돈을 많이 벌어야겠다."

미션을 해결하면 경험치와 돈을 줬기 때문에 닥치는 대로 이행했다. 물론 플나나의 전설에 담긴 뜻대로 내가 필요한 만큼만 일하면 충분히 쉴 수 있었다. 하지만 나는 점점 욕심이 나서 게임에 시간을 투자하게 되었다.

학원에 다니면서는 게임 진도가 도저히 나가지 않았다. 나는 빨리 지붕에 페인트를 다른 색으로 칠하고 싶었고, 닭을 한 마리 더 사고 싶었다. 밤늦게 집에 들어와 학원 숙제까지 하면 게임할 시간은 없었다. 그래서 나는 엄마와 협상했다.

학원 그만두기.

그러면 모든 것을 열심히 하겠다는 것. 인강으로 학원 공부를 대체하고 학교 숙제도 잘하겠다는 다짐. 엄마는 내가 그동안 스트레스받는 걸 알고 있어서 고민 끝에 허락했다.

학원을 안 다니니까 틈틈이 게임을 할 수 있었다. 그런데 문제는 게임만 시작하면 시간 가는 줄 모른다는 것이었다. 게임은 시간을 잡아먹는 귀신이다.

"아, 짜증 나."

숙제가 떠오르자, 속이 답답해졌다.

"뭐? 짜증 나? 너 그게 엄마한테 할 소리야?"

아까부터 숙제를 열심히 하는지 감시하느라 내 침대에 앉아 있던 엄마가 눈을 부릅떴다.

"엄마한테 말한 거 아냐!"

"여기 누가 또 있어? 엄마한테 그런 거지."

정말 짜증이 확 치밀었다.

"혼잣말한 거라고! 알지도 못하면서!"

"뭐? 알지도 못해? 너 진짜 이런 식으로 나올 거야? 엄마한테 버릇없게."

엄마의 얼굴이 벌게졌다. 엄청나게 화가 난 것 같았다. 아무렇지 않은 척했지만, 충격적이었다. 이런 모습은 너무 낯설고 무서웠다.

순간 엄마가 게임을 못 하게 휴대폰을 압수할지도 모른다는 생각이 들었다. 저번에 인강 듣는다고 속이고, 게임하고 있을 때 걸렸기 때문이다. 그때 엄마는 불같이 화를 냈다. 한 번만 더 할 일 미루고 게임하다가 걸리면 휴대폰을 압수한다고 엄포도 놨다. 나는 엄마가 자신이 했던 말을 떠올리기 전에 재빨리 사회 교과서를 펼쳤다.

"나 숙제해야 해."

엄마는 숙제라는 말에 애써 화를 삭이는 듯했다. 한참 서서 나를 지켜보다가 말없이 방에서 나갔다.

"휴."

나는 다시 휴대폰을 만지작거렸다. 잠깐만 들어가 볼까? 봉봉 여사가 아직도 기다리고 있을 텐데. 진짜 사람이 아니라 게임 속 NPC*라서 감정적으로 화가 나 있진 않겠지만 친밀도 점수가 깎였을 것이다. 약속을 어기면 점수 차감과 페널티가 주어졌다. 관계 점수가 나빠지면 양장 기술을 가르쳐 주지 않을 가

---

*Non-Player Character의 약자로, 게임에서 플레이가 불가능한 캐릭터를 말한다.

능성이 컸다.

그때 휴대폰에 메시지가 왔다. 순간 봉봉 여사가 메시지를 보낸 거라는 착각에 깜짝 놀랐다. 당연히 봉봉 여사는 아니었다.

김한성 : 경주 지도 다 만들었어?

"아!"

이번 사회 모둠 평가 주제는 여행 가이드북 만들기. 우리 모둠은 경주 문화 여행을 선택했다. 나는 자료 조사보다는 그림 그리기가 자신 있어서 만든다고는 했지만, 그냥 지도도 아니고 여행 지도였다. 때문에 지역 볼거리를 생각해서 하나하나 그려 넣어야 했다. 당연히 시작도 안 했다. 인터넷에서 경주 지도만 찾아 놨다.

주나연 : 거의 다 했는데 완성은 아니야.

있는 그대로 말하면 김한성이 또 난리를 칠 게 뻔했다. 평소에도 얼마나 까다로운지 회장으로 김한성을 뽑아 준 걸 후회한다는 애들이 많았다.

김한성 : 그래? 사진 찍어서 보여 줘 봐.

"뭐?"

역시 나랑은 맞지 않는 애였다. 나를 못 믿는 것 같아 기분이 나빠졌다. 물론 나는 거짓말을 하고 있다. 혹시 스스로의 거짓말에 더 화가 나는 걸까. 간파당한 기분이어서?

주나연 : 금방 완성하니까 끝나면 보여 줄게.

이제 와서 아직 안 했다고 할 수도 없는 노릇이었다. 둘러대고 나서도 머리가 아팠다. 고지식한 김한성은 정말 완성된 그림을 보여 줄 때까지 안 자고 기다릴 것이다. 그나저나 숙제를 하려면 한 시간은 걸릴 텐데.

김한성 : 10분?

"아, 얘는 왜 난리야."

나는 답장 대신 서둘러 지도를 그리기 시작했다. 제한 시간이 있다고 생각하니까 딴짓할 여유가 없었다. 지도를 쓱쓱 그리고 유명 관광지를 표시한 다음 관련된 그림을 작고 귀엽게 그려 넣었다. 불국사에는 절 표시를 하고 놀이공원에는 풍선을 그려 넣는 식이었다. 색칠 같은 건 꼼꼼히 할 시간이 없어서 마카로 칠했다. 빨리 한 티가 날까 봐 음영까지 넣었다.

김한성 : 벌써 30분 지났는데? 금방 하는 거 맞아? 지금 하는 거 아니지?

독촉 메시지가 날아왔다. 진짜 기다린다는 것도 놀라웠다. 어느새 30분이 지나 버렸다. 그림 그리고 꾸미느라 시간 가는 줄 몰랐다. 완성된 지도는 제법 괜찮았다. 30분 동안 만든 것으로 보이지 않았다. 나에게 이런 재주가 있었나 싶게 뿌듯했다. 색감이 잘 나오게 사진을 찍어 김한성에게 전송했다.

주나연 : 됐지?

김한성은 곧바로 대답하지 않았다. 빼먹은 건 없는지 지도 그림을 꼼꼼하게 확인하고 있을 걸 생각하니 부아가 치밀었다. 그리고 한편으로는 지적을 당할까 봐 떨리기도 했다. 몇 분 뒤 답이 왔다.

김한성 : 오케이. 통과.

"하, 다행이다."

가슴을 쓸어내렸다. 숙제가 오래 걸릴 줄 알았는데 김한성이 묻는 바람에 금방 마칠 수 있었다. 아직 11시 30분. 딱 30분만 플나나 농장에 들어가 볼까? 하지만 단시간에 에너지를 쏟아 낸 탓인지 하품이 나왔다. 오늘은 그냥 자는 게 좋을 것 같았다. 눈이 감겨서 참을 수가 없었다.

헤르만 헤세 독서 클럽

  지비 씨는 한 번도 본 적 없었다. 열두 명으로 한정된 소모임인 헤르만 헤세 독서 클럽은 비공개 모임이기 때문이다. 그래서 알음알음 알게 된 사람만이 회원이 될 수 있다. 페퍼 씨는 이전 운영자에게 모임을 넘겨받았다. 그러곤 읍내에서 만난 학생들에게만 모임을 적극적으로 권하며 회원을 모집했다.

  플나나 마을에는 많은 모임이 존재한다. 드라마나 영화 시청처럼 감상을 나누는 것부터 베이커리 숍 사진을 올리는 등 취미를 자랑하는 모임까지. 온라인으로 할 수 있는 모임은 다 있다고 보면 된다. 특히 좋아하는 연예인 팬 모임이 가장 인기였다. 모임은 소수 인원으로 이루어지기 때문에 한 명의 연예인에게 여러 모임이 생기기도 했다. 요즘 인기 있는 아이돌 가수라면 더 그랬다. 이미 내 또래 여자애들은 대부분 그런 모임에 가입할 것이다.

　초등학교 고학년이 되면서 여자애들은 아이돌 그룹에 관심이 많았다. 하지만 나는 유치하다고 생각했다. 연예인 춤추는 걸 볼 시간에 독서나 여행에 시간을 쓰는 게 유용하다고 생각했으니까. 5학년 때 내 생각을 알게 된 어떤 여자애는 내가 허세를 부린다며 비웃었다. 그 애는 아이돌 그룹을 좋아하다 못해 칭송하고 있었기 때문이다. 나는 겉으로 보기에 화려한 것을 좇는 것이 허세라고 쏘아붙였다.

　나도 예전에는 병든 닭 같지 않았다. 지금이야 누가 뭐라고 한들 대응할 힘이 없지만, 그때는 오히려 싸움닭에 눈치도 좀 없었다. 그래서 건드리지 말아야 할 걸 건드리고 말았다. 우리 반 여자애들 다수가 연예인을 좋아한다는 것을 까맣게 잊고 있었다.

　"허세? 너 말 다 했어?"

　내가 말한 상대가 아닌 다른 여자애가 달려들고 나서야 다수를 적으로 돌렸다는 것을 깨달았다. 그러나 물러설 수는 없다.

"너희가 좋아한다는 연예인들이 『데미안』이나 한 줄 읽었나 모르겠다. 참, 너희는 『데미안』이 뭔지는 아니?"

"야!"

"너 무슨 말을 그렇게 하니?"

누군가는 소리를 질렀고, 누군가는 놀라 입을 다물 줄 몰랐다. 남자애들은 갑자기 살벌해진 여자애들을 바라보며 어쩔 줄을 몰라 했다. 팽팽한 긴장감이 교실에 가득 찼다.

"주나연!"

갑자기 어떤 남자애가 나를 부르며 달려왔다. 우리 반인데 성은 잘 기억나지 않았지만 분명 이름이 온유였다.

"주나연, 큰일 났어! 너 빨리 오래!"

"누가 나 오래?"

온유는 대답 없이 다짜고짜 내 팔목을 잡아당겼다. 얼떨결에 나는 그 애를 따라서 복도로 나가 그대로 운동장 뒤쪽 재활용 쓰레기장까지 갔다. 거기에는 지나다니는 사람이 아무도 없었다.

"헉, 힘들어. 누가 오라고 한 건데?"

숨이 턱까지 차올라 허리를 숙이고 겨우 물었다. 온유가 고개를 저었다.

"아무도 없어."

"뭐?"

"그냥 거기서 도망쳐야 할 것 같아서."

그제야 온유가 나를 구하려고 했다는 것을 깨달았다. 하지만 왜? 온유와 나는 친한 사이가 아니었다. 둘이 대화를 나눈 것도 오늘이 처음 같았다. 나는 눈을 동그랗게 뜨고 온유에게 물었다.

"왜?"

온유는 히죽 웃었다.

"나 평화주의자거든."

드라마나 영화라면 그 뒤로 우리가 친한 친구가 되었다는 스토리가 전개되겠지만, 현실은 그렇지 않았다. 나는 평화주의자라서 싸움을 말리겠다고 그런 쇼를 한 애가 너무 이상했다. 오히려 그 뒤로 온유를 멀리했다. 온유가 복도에 보이기만 해도 피해 갔다. 게다가 얼마 뒤 나는 옆 동네로 이사를 했고 전학도 갔다. 온유의 성이 뭔지는 영영 모르게 된 것이다.

"여기가 지비 씨 집?"

편지에 나와 있는 지비 씨 캐릭터에 걸린 링크를 클릭했다. 눈 깜짝할 사이에 모임 장소인 지비 씨 집 앞에 서 있었다. 집은 중

세 시대 귀족들이 사는 고풍스럽고 으리으리한 삼 층 저택이었다. 내가 플나나 마을에서 본 집 가운데 가장 거대했다.

"신규 유저가 아니었나?"

소모임에 새로 가입한다고 해서 꼭 신규라는 뜻은 아니었지만, 보통은 그랬다. 아니면 유료 아이템에 돈을 많이 쓰는 과금 플레이어일 수도 있었다. 나도 마음 같아서는 집 꾸미는 데 많은 돈을 쓰고 싶었다. 하지만 용돈이 적을 뿐 아니라 현금을 게임에 쓸 수 있게 엄마가 허락해 줄 리 없었다.

"도대체 대문이 어디야?"

아무리 담장을 따라 걸어도 높다란 벽이 계속 이어질 뿐이었다. 입구로 보이는 문은 보이지 않았다. 그때 담장 위에서 목소리가 들렸다.

"안녕?"

소리에 놀라 올려다보니 또래 남자애가 있었다.

"왜 거기 올라가 있어?"

"집을 급하게 만들다 보니 깜빡하고 문을 잊어버렸어. 아직 초보라서."

남자애가 머리를 긁적였다. 아무리 초보라고 해도 보통 문을 먼저 만드는데, 어이가 없어서 웃음이 나왔다. 세상에, 문을 깜박하는 사람이 어디 있담.

"그럼 어떻게 들어가?"

"넘어서 들어와야 해."

남자애가 밧줄을 내려 줬다. 밧줄을 내려 주는 모습도 엉성해서 그것도 웃겼다. 나는 밧줄을 잡고 암벽등반 하듯 담장 벽을 올라갔다. 이렇게 남의 집에 들어가는 건 처음이었다. 자꾸 웃음이 났다. 담장 위에 올라가자 남자애가 악수를 청했다.

"안녕? 난 지바라고 해."

비록 캐릭터이긴 하지만 커다랗고 깊은 눈, 오똑한 코, 앙다문 입술까지. 한마디로 잘생겼다. 약간 긴 갈색 머리는 눈 한쪽을 가려서 신비스럽기까지 했다.

"페퍼 아저씨 말로는 너랑 나랑 동갑이라던데?"

"너도 중2야? 난 나쥬. 반가워."

게임 캐릭터뿐만 아니라 실제 나이로도 정말 친구였다. 난 캐릭터를 빨간 머리 앤과 비슷한 이미지로 꾸몄다. 그에 반해 페퍼 씨는 백발에 나이 지긋한 할아버지 모습이지만 사실 20대 후반이다. 원래 나이는 비공개인데 우연히 책 이야기를 하다가 책 주인공과 동갑이라고 해서 알게 되었다. 페퍼 씨는 중학생 아이들에게 고전 명작을 읽히고 싶어서 모임을 꾸리는 거라고 했다.

유행하는 웹소설도 아닌, 고전 명작을 읽고 토론하겠다며 모임까지 가입할 중2는 드물 것이다. 페퍼 씨의 노력이 없었다면 이렇게 모이기 힘들었다.

　"헤르만 헤세 좋아해?"

　나는 반가운 마음에 먼저 물어봤다.

　"당연하지. 아니면 클럽에 뭐 하러 가입했겠어."

　지비가 활짝 웃으면서 말했다. 헤르만 헤세를 이렇게 웃으면서 말할 수 있는 중2는 정말 흔치 않았다.

　마당으로 들어서니 꽃과 나무도 없고, 허허벌판이었다. 밭을 만들거나 동물을 기를 우리를 설치하지도 않았다. 그저 거대한 집이 위협적일 정도로 서 있을 뿐이었다. 집은 아름다웠지만 그게 다였다. 실내도 꾸미지 못했을 것 같았다. 모임 때문에 급하긴 급했구나 싶었다. 아무래도 열두 명뿐인 소모임이니 빈자리가 쉽게 나지도 않을뿐더러 비공개 모임이라도 알음알음 자리가 차기 마련이었다.

　"안은 좀 꾸며 놨어."

　지비가 내 마음을 눈치채기라도 한 듯 앞서 말했다. 집 안으로 들어서는데 안을 둘러볼 새도 없이, 페퍼 씨 웃음소리가 들려왔다.

"허허허."

페퍼 씨는 언제나 호탕하게 웃었다.

"학생들이 함께하는 걸 우선순위로 두니까요. 난 꼭 교장 선생님이라도 된 것 같은 기분이에요."

페퍼 씨가 누군가에게 자랑스럽게 말했다. 정말 페퍼 씨는 선생님 같은 느낌을 풍겼다. 두 달 전 우연히 읍내 장터에서 거래하다가 내가 학생이라는 걸 안 페퍼 씨가 독서 클럽을 제안했다. 대부분 자신의 정보를 비공개로해서 신입 회원인 나는 누가 정확히 몇 살인지는 몰랐다. 그러나 모두 또래라는 것은 알았다. 나도 정보 비공개로 나이를 말하지는 않았다. 그런데 오늘 처음 본 지비에게는 다 말해 버렸다. 잘생긴 외모 덕분일까. 나도 모르게 보는 순간 친해지고 싶은 생각이 들었다.

"우리 나쥬 왔구나."

페퍼 씨가 반갑게 맞아 줬다.

계속 지비는 어떤 애일까 궁금했다. 플나나 마을에서 친한 지인들은 있지만, 또래 친구는 없기 때문이다. 그동안 친구를 사귈 생각은 못 했는데 지비라면 괜찮을 것 같았다. 여긴 모두 좋은 사람들이었고, 소모적인 감정싸움을 할 필요도 없었다. 학교에서는 어려운 관계가 이곳에서는 쉬웠다. 언제든 친구 사이를 끊을 수 있으니까. 현실처럼 따돌림을 당할 일도 없다.

"그럼 나쥬 님 생각은 어때요?"

"예?"

갑자기 달그네가 말을 걸어서 당황했다. 정신을 차려 보니 다른 회원들이 전부 나를 바라보고 있었다. 그중에는 지비도 있었다. 얼굴이 달아올랐다. 딴생각하느라 토론에 집중하지 않았다는 것을 들켰다.

"그게…… 그러니까……. 무슨 말씀을 하고 있었죠? 죄송합니다."

사실을 실토했다. 하필 이 순간에 내 의견을 물을 게 뭐람. 정말 달그네가 얄미웠다. 달그네는 내가 들어올 때 우연히 옆에 있다가 함께 들어온 회원이었는데, 평소에 늘 말이 없었다. 그런데 토론할 때는 친하지도 않은 나에게 의견을 물었다.

"이번 책은 우리 나쥬 마음에 덜 들어왔나 보군. 오늘따라 조용하고 말이야. 우리는 다음 주 책인 『비밀의 화원』을 다른 책으로 바꾸자고 이야기하고 있었단다."

페퍼 씨가 설명했다. 나는 『비밀의 화원』을 토론하고 싶어서 책을 바꾸는 데 반대였지만, 선뜻 대답할 수가 없었다. 지금 상황도 모르는 데다가 어태 딴짓하다가 반대 의견을 내는 것이 조심스러웠다.

"그런데 왜……."

"미안. 난 이제야 다음 주 책을 알았거든. 지금부터 읽기에는 양이 많다고 생각했어. 그래서 얇은 책을 먼저 하면 어떨까 양해를 구했어.『비밀의 화원』은 다음으로 미루고 말이야."

지비가 머리를 긁적였다. 그런 이유라면 마다할 이유가 없었다. 이번 주 책이 미뤄지는 것뿐이라면 더더욱. 내가 대답하려는데 지비가 손을 내저었다.

"네가 싫다면 그러지 않아도 돼."

지비가 잔뜩 미안한 표정을 지었다. 내가 더 미안해졌다. 그래서 괜찮다고 말하려고 하는데.

"주나연!"

엄마가 순식간에 휴대폰을 낚아채더니 전원을 꺼 버렸다.

"엄마!"

황당했다. 게임에 너무 몰두해서 엄마가 방에 들어온 것도 몰랐다. 엄마는 내 앞에 일시 정지된 수학 인강을 가리켰다. 독서 클럽 모임이 끝나면 인강을 다시 보려고 했다. 하지만 엄마에게 그런 설명이 통할 리가 없었다.

"인강 다 들을 때까지 휴대폰 압수야."

엄마는 그대로 휴대폰을 들고 가 버렸다. 너무 화난 표정이어서 뭐라고 말할 새도 없었다.

엄마가 나가고 나서야 나는 지비에게 괜찮다고 말하지 못한 게 떠올랐다. 하필 그 타이밍에.

"으악, 어떡해……."

절망적이었다. 대답도 없이 게임에서 나가 버렸으니 지금쯤 잔뜩 오해하고 있을 게 뻔했다. 다들 내 눈치를 보고 있을지도 몰랐다. 혹은 다시 들어오길 기다리고 있을지도. 하지만 엄마가 휴대폰을 압수하는 바람에 확인조차 할 수 없었다.

"너무해……."

눈물이 나왔다. 엄마가 미웠다. 문제집에 샤프를 있는 힘껏 눌렀다. 샤프심이 부러졌고 문제집 종이가 쭉 찢어졌다. 화가 풀리기는커녕 점점 커져만 갔다. 샤프를 잡은 손에 힘이 더 들어갔다.

뚝.

샤프 앞부분이 부러졌다. 그게 신호라도 되듯 조금씩 나오던 눈물이 왈칵 쏟아져 내렸다.

오해

학교 가려고 집을 나서는데 엄마가 아무 말도 없이 휴대폰을 돌려줬다. 나도 기분이 풀리지 않아서 말없이 받아 나왔다. 엄마와의 사이가 아직 서먹했다.

멀리 교문이 보이자, 한숨부터 나왔다. 저 문을 들어가는 순간 휴대폰을 못 하니 그전에 잠깐 플나나 농장에 들어가 봐야겠다. 학교 앞에 서서 게임을 한 적은 없었지만, 등교 시간에 여유가 있으니 급한 불부터 꺼야 했다. 편지함부터 열었다.

To. 나쥬

본의 아니게 기분을 상하게 만든 것 같아.

책은 원래대로 하자.

내가 부지런히 읽으면 가능할 거야.

From. 지비

역시 지비는 오해하고 있었다. 누구라도 같은 상황을 겪으면 그렇게 생각할 것 같다. 갑자기 게임을 나가 버렸으니. 그래도 지비가 속으로만 오해하지 않고, 편지를 보내서 다행이었다. 도리어 나에게 미안해하다니 정말 착한 애였다.

To. 지비

갑자기 휴대폰 배터리가 떨어져서 꺼졌던 거야.

충전하다가 깜빡 잠이 들었어. 학교 가면서 휴대폰 켰어.

미안해.

책 선정은 아무래도 상관없으니까 『비밀의 화원』은 나중에 해도 돼.

딱 말하려는데 하필 그 타이밍에.

진짜 미안.

오해하지 마. 나 화 난 거 아니야.

From. 나쥬

몇 번이고 문장을 고치면서 겨우 완성했다. 화 난 거 아니라고 쓰는 건 변명처럼 보일까? 좀 이상한 것도 같다. 문장 순서도 두서없는 것 같아서 다시 읽었다. 그때 교문 앞에서 소리치는 선생님이 보였다.

"거기, 뭐 해? 지각할 거야?"

아무래도 화가 난 게 아니라는 문장은 변명 같았다. 삭제하는 게 낫겠지?

그때 누군가 나를 툭 쳤다. 얼굴만 아는 우리 반 남자애였다.

"안 들어가?"

"어?"

이름은 몰랐지만, 우리 반인 건 기억하고 있었다. 저번에 김한성이 경주 지도를 발표하는데 그림이 너무 귀엽다며 누가 그렸냐고 물었다. 낯이 익은 걸로 봐서는 작년에 옆 반이었던 것 같기도 했다.

나는 지비에게 편지를 보내지 못하고, 임시 저장한 다음 교문으로 뛰었다. 그 남자애가 내 책가방을 잡고 밀어 줬다. 갑자기 왜 친한 척이지? 같이 뛸 사이는 아닌 것 같은데.

조회 시간 전에 김한성이 휴대폰을 걷어 갔다. 휴대폰은 종례 시간에 주기 때문에 편지를 전송할 시간은 하교 때까지 생기지 않았다.

지비도 학교에 있을 시간이니까 어차피 못 볼 것이다. 그렇게 생각하니 마음에 여유가 생겼다.

"아까 뭐 보고 있었어? 전에 말한 그 게임?"

남자애가 물었다.

"게임에 대해서 내가 말한 적이 있나?"

"국어 시간에 자신에 대해 쓴 글을 발표했을 때."

"아."

4월에 작문 발표를 한 적이 있었다. 그때 나는 '플나나 농장의 휴식'에 관해서도 썼다. 아무도 관심이 없을 줄 알았는데. 남자애는 인상 깊었던 모양이었다.

"맞아. 그거야."

"저기…… 나 누군지 모르는 거지?"

갑자기 그 애가 말했다. 어? 유명한 사람인가? 그 애 얼굴을 찬찬히 뜯어봤지만, 연예인이거나 유명한 사람처럼 보이지는 않았다. 키가 크고 괜찮게 생기긴 했다. 그러나 정확히 누군지는 떠오르지 않았다. 무슨 말이냐고 물어보려는데 담임선생님이 들어왔다.

최소한 옆 반이었던 게 맞는 듯했다. 그 아이는 마치 우리가 잘 아는 사이인데 내가 잊었다는 말투였다. 그런데 도대체 누굴까. 내가 아는 애였다고? 다니다가 그만둔 학원? 하지만 한두 달 학원을 같이 다녔다고 보기엔 이 애는 나를 잘 아는 듯이 행동했다. 지금 같은 반인 거 말고는 딱히 떠오르는 게 없는데.

조회 시간이 길어져서 곧바로 1교시가 시작되어 그 아이에게 되물을 시간은 없었다. 내 시선이 그 남자애를 따라다닐 뿐이었다. 누구였더라? 아무리 생각해도 기억이 안 났다. 어쩔 수 없이 대놓고 물어봐야 했다. 1교시 쉬는 시간이 되자마자 그 애 자리로 갔다. 그러나 그 애가 없었다. 그새 화장실에 간 걸까? 내가 책상 옆에 서서 기다리니까 근처에 앉은 지율이 이상한 눈으로 쳐다봤다.

"뭐 용건 있어?"

지율은 우리 반 여왕으로, 늘 나에게 차가웠다. 내 착각일 수도 있었지만, 그냥 그렇게 느껴졌다. 학교에서 있으나 마나 한 존재인 나를 왜 경계하는지 알다가도 모를 일이었다.

"이 자리 앉은 애 이름이 뭐야?"

"참 나. 넌 같은 반 친구 이름도 모르냐?"

핀잔을 주는 지율은 여전히 예뻤다. 우리 반에서 가장 예쁜 아이. 나에게 차갑게 굴어도 예쁘고 그냥 가만히 있어도 예뻤다. 얼굴이 예쁜 애들은 남녀노소 가릴 것 없이 모두에게 사랑

받는다. 당연히 우리 반에서 가장 인기가 좋은 아이도 지율이었다.

"네 이름은 알아. 한지율."

내가 말하자 지율은 당연한 걸 말한다는 듯이 피식 비웃었다. 근데 왜 그깟, 모두가 아는 이름을 쉽사리 알려주지 않는 것일까. 나를 골탕 먹이고 싶어서? 그렇게 쓸데없는 대치를 하다 보니 쉬는 시간이 끝나 버렸다. 앞문으로 아까 교문 앞에서 마주친 그 남자애가 헐레벌떡 들어오는 게 보였다. 지율이 선심 쓴다는 듯 말했다.

"온유야. 박온유."

다음 쉬는 시간에도 그다음 시간에도 온유는 자기 자리에 있었지만, 나는 찾아가지 않았다. 무슨 말을 해야 할지 몰라서였다. 이름을 듣자마자 동일인임을 확신할 만한 무언가가 얼굴에 남아 있다는 걸 깨달았다. 물론 그때 온유는 키가 작았는데, 지금은 180센티미터 정도에 얼굴도 변한 것 같다. 그런데도 알아볼 수 있었다. 내가 알던 온유가 그때의 아이라는 것을.

왜 진작 나에게 말하지 않았던 걸까. 처음 같은 반이 되었을 때 말할 수도 있었을 것이다. 나는 반에 누가 있는지 관심도 없었고, 애들 이름도 잘 몰랐다. 하지만 온유는 처음부터 나를 알아봤던 것 같다. 내 작문 발표를 유심히 들은 것부터가 그랬다.

온유 생각에 수업이 모두 끝날 때까지 플나나 농장은 잊고 있었다. 종례 시간에 휴대폰을 돌려받고 나니까 지비에 대한 일이 기억났다. 답장이 너무 늦어진 게 마음에 걸렸다. 아까 편지를 그냥 보냈어야 했는지도 몰랐다.

교문을 빠져나오자마자 플나나 농장부터 들어갔다. 화난 게 아니라는 문장은 그냥 뺐다. 편지를 천천히 다시 읽어 보고, '보내기'를 눌렀다.

오늘은 집에 가자마자 숙제부터 해야겠다. 인강을 듣고 문제집을 푼 다음 게임을 하기로 마음먹었다. 집에 들어설 때까지만 해도 다짐은 흔들리지 않았다. 그런데 막상 집에 가니 문제가 있었다. 오늘따라 엄마가 없었다.

식탁 위에는 엄마가 차려 놓은 김밥과 어묵국이 있었다. 저녁을 먹으라는 메모도 보였다. 엄마는 오늘 동창 모임에 가서 밤에 돌아올 거라고 했다. 나는 잠시 식탁 앞에 앉아 엄마의 메모를 보면서 휴대폰을 만지작거렸다. 할 일을 먼저 하고 나서 후련하게 게임을 하려고 했는데…….

아빠는 늘 밤늦게 왔지만, 엄마까지 외출한 날은 흔치 않았다. 전업주부인 엄마는 주로 내가 학교에 있는 낮에 외출했다. 집에 나 혼자 있는 건 일 년에 한 번 있을까 말까 했다. 이런 날을 할 일만 충실히 하는 평범한 저녁으로 보낼 수는 없었다.

나는 게임에 잠깐 들어가 편지함만 확인하기로 했다. 그사이 지비가 답장을 보냈을 수도 있다.

편지 1통

"벌써 답장했구나!"

가슴이 두근두근했다. 지비 역시 학교가 끝나자마자 접속했던 모양이었다. 설마 내 답장을 기다리고 있던 걸까. 나는 설레는 마음으로 편지함을 열어 보았다.

To. 나쥬
미안해요.
일부러 그런 건 아닙니다.
From. 달그네

지비가 아니었다. 친하지도 않은 달그네라니. 늘 음침하게 똑

같은 검은색 후드 가운만 걸치고 다니는 캐릭터였다. 같은 독서 클럽 회원일 뿐 개인적으로 대화를 나눠 본 적도 없고, 어떤 사람인지도 전혀 몰랐다. 당연히 편지를 주고받은 적도 없었다. 그런데 뜬금없이 편지를 보내다니. 그래도 눈치는 있는지 자기가 말을 걸어서 내가 민망했던 걸 알고 사과하는 모양이었다.

"이 사람은 나랑 정말 안 맞는다니까."

기다리던 지비의 편지가 아니어서 짜증 났다. 보낼 만한 답장도 생각이 안 났다. 그래서 답장을 보내지 않고 농장 일에 전념했다. 닭 모이를 주고 밭에 물을 주고 잡초를 뽑고. 이번에는 기필코 양을 사러 읍내에 가야 했다. 그런데 양을 살 돈은 해결되었지만, 문제는 양장 기술이었다. 봉봉 여사는 약속을 어겼다고 삐져서 내 연락에 퉁명스럽게 답하고 있었다. 친밀도도 10이나 깎였다. 게임 내 NPC는 자신에게 한 만큼 되돌려 주었다. 그래서 그들이 말을 걸면 대답을 긍정적으로 잘하고, 제안을 거절하는 것도 신중해야 했다. 어찌 보면 까다롭다고 생각할 수도 있지만, 사실 이건 단순해서 편한 인간관계였다. 친밀도라는 수치에 기댄 관계. 감정이라는 변수가 없었기 때문에 현실의 인간관계보다 훨씬 명료했다.

한참 동안 농장 일을 하고 읍내에 내다 팔 제품을 만들고 있는데, 알람이 울렸다.

딩동.

지비 님에게서 선물이 도착했습니다.

"선물?"

지비가 보냈다는 것만으로도 놀랍고 반가운데, 편지도 아닌 선물이라니. 선물 열기 버튼을 누르는 손이 떨렸다.

예쁜 장미꽃이 배달되었습니다.

받으시겠습니까?

예/아니오

빨간 장미꽃을 수락하자 연달아 메시지가 떴다.

호감도가 +5 되었습니다.

꽃병에 꽂아 장식을 하면 인테리어 점수가 +5 됩니다.

호감도? 지비에 대한 나의 실제 호감도는 5가 아니라 몇 배는 뛴 것 같았다. 비록 게임이지만, 꽃을 선물받는 것은 태어나서 처음이었다. 나는 얼른 꽃병을 구매해서 장미꽃을 꽂은 뒤 테이블 위에 두었다. 인테리어 점수가 올라가서 기분이 좋았다. 다시 편지가 도착했다.

To. 나쥬
배려해 줘서 고마워.
『비밀의 화원』은 나중에 하자.
내 작은 선물 마음에 들어?
From. 지비

"당연히 마음에 들고말고!"
나는 휴대폰 화면 속에 있는 꽃을 손가락으로 어루만져 보았다. 진짜 꽃도 아닌데 향기가 나는 것 같았다. 나를 생각하는 마음이 느껴졌다. 지비를 알게 된 지 겨우 하루만에 이렇게 친해질 수가 있다니 신기한 일이었다. 다른 또래 아이들과는 느낌이 전혀 달랐다. 이건 운명일까. 처음 본 그 순간부터 난 그 애를 좋아하고 있었는지도 모른다.

즐겁지 않은 학교생활

"아, 또?"

김한성의 얼굴이 일그러졌다. 나 때문이었다. 내가 또 같은 모둠이 되어서 화가 난 것이다.

"왜 하필."

김한성이 계속 나를 노려보고 있으니, 모둠원이 슬슬 눈치를 봤다. 김한성은 처음부터 유독 나를 싫어했다. 학기 초인데 연달아 세 번이나 같은 모둠이 됐으니, 짜증이 나는 것도 이해가 됐다.

나도 같이 짜증 내거나 화내야 마땅하겠지만, 그러지 못했다. 왜냐하면 김한성에게는 당사자인 내가 납득할 만한 명확한 이유가 있었기 때문이다. 그건 김한성이 공부도 잘하고 모범생에 뭐든지 잘한다는 사실이다. 게다가 학급 회장이린 자리도 맡고 있을 정도로 책임감이 강하며 욕심도 많았다. 반면 나는 뭐든지 설렁설렁하고 잘하려는 욕심도 없어서 수업 시간에도 교실에서 자리만 채우고 있는 아이였다.

김한성은 그게 답답한 것이다. 매사 무기력해 보이고 시키면 하긴 하지만 대충하는 것 같다며 나를 탐탁지 않게 생각했다. 저번 경주 지도 과제는 자신이 독촉해서 겨우 제대로 했다며 감사하라고까지 말했다.

듣고 보니 그 말이 맞았다. 그래서 같은 모둠 하기 싫어하는 이유를 이해한다고 하자, 또 다시 화를 냈다.

"이해를 한다고? 아니 무슨 변명이라도 하든지, 아니면 이번에는 열심히 하겠다는 거짓말이라도 하라고."

"거짓말을…… 하라고?"

"진짜 거짓말을 하라는 게 아니라, 입에 발린 소리도 안 할 정도로 노력을 안 한다는 거지. 정말 그런 거 딱 질색이야. 답답해. 선생님께 말해서 다시는 너랑 같은 모둠 안 되게 해 달라고 할 거야."

뭐라고 변명할 말이 없었다. 그래서 입을 다물었다. 내가 대꾸하길 기다리던 김한성은 한숨을 푹 쉬며 내가 꼴 보기 싫다는 듯 고개를 돌려 버렸다.

"저번에 나연이가 지도 엄청나게 잘 그렸던데? 이번에도 그림 그리기 시키면 되지."

처음 같은 모둠이 된 도희가 말했다. 다른 애들도 고개를 끄덕였다. 친하지도 않은 애들이 내 편을 들어주니까 무척 고마웠다. 사실은 다들 김한성이 싫어서 자연스럽게 내 편을 드는 것일 테지만.

나는 김한성처럼 못되게 구는 것도 아닌데 친한 애가 한 명도 없었다. 올해는 물론이고 작년에도 마찬가지였다. 초등학교 때 전학을 가서 어떤 사건을 겪었다. 그 뒤로 나는 최대한 입을 다물었다. 열심히 중학교 생활을 따라가는 것만으로도 버거웠으니, 에너지를 아낀다고 해도 좋았다. 그러던 어느 날 한 애가 나에게 물었다.

"넌 왜 말을 별로 안 해?"

그제야 학교에서 내 이미지가 어떤지 깨달았다. 일부러 그러려고 한 건 아닌데 그렇게 되어 버렸다. 난 늘 지쳐 있어서 애들이랑 말할 기회가 적었다. 먼저 말을 걸어 주던 아이들도 내가 심드렁한 표정으로 짧게 답하면 금세 흥미를 잃고 떠나 버렸다. 차라리 잘되었는지도 몰랐다. 친해지고 나서 떠나는 건 큰 상처니까.

"너무 신경 쓰지 마. 김한성 쟤 원래 저러잖아."

도희가 작게 속삭였다. 김한성은 여전히 내가 못마땅한 표정이었지만, 그래도 조별 과제를 들여다보고 있었다. 모둠 교체는 불가능했기 때문에 다른 방식으로 돌파구를 찾으려는 것이다.

결국 캐릭터를 만들어서 과학 원리를 소개하는 만화를 만들기로 했다. 내가 할 일이 없기는커녕 엄청나게 많아졌다. 김한성이 일을 똑같이 배분하기 위해서 스토리텔링과 설명 글을 쓸 때 솔직히 놀랐다. 좀 직설적이고 까다롭기는 해도 공평함을 추구하는 애였다. 그래서 나는 다른 애들이 자료조사와 설명을 어떻게 할 것인지 회의하는 동안 캐릭터를 그려 보았다. 과학 캐릭터나 원자 모형 같은 도형을 넣어 볼까? 히어로 캐릭터는 어떨까? 전기를 설명하는 것이니 번개 모양이나 기호를 넣어도 좋을 것 같았다.

"아함."

이리저리 그려 보고 있는데 하품이 나오면서 눈이 감겼다. 책상에 머리를 끌어당기는 특별한 중력이 작용하는 것처럼 고개를 들고 버티기가 힘들었다.

"야!"

갑자기 김한성이 귓가에 대고 소리를 지르는 바람에 잠이 확 달아났다.

"어?"

"놀고 있으라고 했다고 아예 자고 있으면 어떡해? 지금 수업 시간이잖아!"

김한성이 과학 선생님 눈치를 보며 작은 목소리로 타박했다. 졸고 있다고 생각했는데 제대로 잠들었던 모양이었다. 팔 아래 있는 그림이 눈에 들어왔다. 캐릭터를 어떻게 그리는 게 좋을지 연습하며 그렸던 그림들. 나는 자고만 있던 게 아니라고 그림을 증거로 보여 주고 싶었지만, 그냥 그러지 않았다. 구구절절 변명할 기운이 없었다.

내가 만약 학교 교육 과정을 만든다면 굳이 예민한 시기의 중학생에게 모둠 과제를 시키지는 않을 것이다. 그건 김한성 같은 부류에게도 나에게도 엄청나게 스트레스를 주는 일이다. 김한성은 나 때문에 점수가 깎일까 봐 전전긍긍이었고, 나는 김한성 눈치를 보느라 말라죽을 것 같았다.

집에 와서 학교에서 그린 캐릭터와 애들이 낸 아이디어를 합쳐 만화를 그리는데 갑자기 엄청 짜증이 났다. 사실 이 과제의 포인트는 만화였다. 가장 잘 보이는 것이 만화였기 때문에 내가 못 그리면 내용도 별로처럼 느껴질 것이다. 너무나 부담스러웠다.

"답답해."

숨이 꽉 막히면서 목구멍이 좁아지는 느낌이 들었다. 숨을 쉬려고 해도 잘 쉬어지지 않았다. 아주 적은 공기만이 몸속을 드나드는 것 같았다. 이럴 때 플나나 마을로 가서 바람을 쐬면 부족한 공기가 채워지지 않을까. 아주 잠깐만 들어갔다가 오는건 큰 문제가 되지 않을 것이다. 플나나 마을에 들어가 보니 편지가 3통이나 와 있었다.

To. 나쥬

저번에 약속을 어긴 것은 뭔가 오해가 있었던 거겠지요?

다시 약속을 잡는 것은 어떨까요?

우리 할 이야기가 많을 것 같아요.

From. 봉봉 여사

"드디어 봉봉 여사 마음이 풀리셨군."

플나나 농장은 벌써 가을이었다. 코트를 만드는 데 며칠이 걸리니 최대한 빨리 양장 기술을 배워야 했다.

To. 나쥬
너희 집은 어떤 곳이야?
페퍼 씨가 그러는데 너희 집에서는 아직 독서 모임을 하지 않았대.
한번 초대해 줘.
독서 모임이 부담스럽다면, 나 혼자 가는 건 어떨까?
From. 지비

"대박!"

지비가 우리 집에 오고 싶어 하다니. 그건 동시접속을 해서 둘만 대화를 하자는 뜻이었다. 이런 식의 시간차를 둔 편지가 아니라 진짜 실시간으로 대화를 나누는 것이다.

들떴던 마음도 잠시. 현실적인 문제가 떠오르면서 내 부푼 마음을 터뜨렸다. 우리 집은 지비의 집에 비하면 초라했다. 그저 잠깐 머무는 오두막이나 방갈로처럼 보일 정도였다. 초대하고 싶은 마음은 굴뚝같았지만 이렇게 볼품없는 집을 보여 주고 싶지는 않았다. 조금이라도 리모델링을 해 볼까? 소지 금액을 확인하니 예금까지 합치면 현재 농가인 집을 이층 주택으로 확장

하는 정도는 가능했다. 하지만 이 돈으로 양을 다섯 마리 구입할 예정이었다.

"아, 어쩌지."

우리 집에 온 지비가 실망하는 모습을 상상했다. 게임을 오래 했는데 왜 아직도 기본 농가냐고 묻지 않을까? 게으르다고 생각할 수도 있다. 상상만으로도 창피함이 밀려왔다.

"그래. 코트는 없어도 되잖아. 바깥에 안 나가면 되지. 그리고 나한테는 저렴하지만, 쓸 만한 낡은 코트가 있어."

양털 코트를 입지 않으면 겨울철에 체력이 빨리 닳는다는 문제점이 있었다. 하지만 바깥 활동을 적게 하면 그럭저럭 기본적인 일은 해 나갈 수 있을 것 같았다. 나는 리모델링을 계획하며 지비에게 답장을 썼다.

To. 지비
이번 주 토요일에 우리 집에 초대할게.
몇 시가 좋아?
From. 나쥬

나는 양털 코트를 포기하고 지비와 좀 더 친해질 기회를 얻기

로 했다. 오늘이 수요일이니까 토요일까지 리모델링하면 시간
상 문제없을 것이다.

마지막 편지는 헤르만 헤세 독서 클럽 전체 공지였다. 나는
대충 읽고 편지를 삭제했다. 지비를 초대하기 위해 집을 꾸미는
일이 더 급했다. 리모델링 공사는 이틀 정도 걸릴 터였다. 벽지
를 바르고 집과 어울리는 중고 가구를 구하러 다니려면 시간이
촉박했다.

"집 리모델링 신청만 하고 오는 거야."

시간이 걸리는 일이었다. 이렇게 일하는 게 효율적일 것 같았
다. 읍내로 나가기 위해 버스를 막 타려는데 휴대폰이 울렸다.

김한성 : 다 했어?

"윽."

반사적으로 시계부터 확인했다. 또 11시가 되어 가고 있었다.
김한성이 당장 과제를 보여 달라고 할까 봐 겁이 났다.

주나연 : 나 뭐 좀 하고 있어서 30분 뒤에 보여 줄게.

내가 먼저 선수를 쳤다. 김한성이 전화라도 걸까 봐 휴대폰도 꺼뒀다. 그러곤 미친 듯이 그림을 그리기 시작했다. 제한 시간은 30분. 번개 마크를 이마에 단 동그란 캐릭터가 전기에 대한 설명과 시범까지 보여 주는 그림이어야 했다. 다행인 건 다른 애들이 대사랑 지문을 다 정해 놨다는 거다. 나는 보면서 어떤 구도로 그릴지만 생각하면 됐다. 놀랍게도 지문을 읽어보는 것만으로도 그림이 술술 떠올랐다. 칠해야 할 곳에만 쓱쓱 칠해 포인트를 주었다. 시간이 촉박하고 조급한 마음에 손이 빨리 움직였다. 그래서 약속한 시간보다 일찍 완성할 수 있었다. 재빨리 만화들을 사진 찍어 김한성에게 전송했다.

김한성 : 오케이.

오. 케. 이. 단 세 글자였지만, 나에게는 속이 뻥 뚫리는 반가운 말이었다.
"아함."
단시간에 고도의 집중력을 발휘했더니 피곤해졌다. 밀려오는 졸음을 이겨 낼 수 없어서 그대로 침대에 누워 버렸다.

친절한 사람을 조심하세요

교문 맞은편 골목으로 들어갔다. 집과 학교는 무척 가깝기 때문에 집에서 등굣길이 훤히 보였다. 내가 멈춰 서서 휴대폰을 들여다보는 모습을 엄마에게 들킨다면 곤란했다.

플나나 마을에 접속하자마자 편지 1통이 왔다. 발신인은 반갑지 않은 사람이었다.

To. 나쥬
친절한 사람을 조심하세요.
From. 달그네

"왜 이런 말을……."

곱씹을수록 소름 끼쳤다. 심장이 임청나게 빠른 속도로 뛰는 게 느껴졌다. 설마 그때처럼 내 주위에 위선자가 있다는 건가? 친절한 척 접근해서 나를 위험에 빠뜨리려고 한다고? 언뜻 보면 나를 위하는 말 같았지만, 기분이 좋진 않았다. 아침부터 괜히 게임에 들어가 본 것 같았다.

"또 게임해?"

갑자기 눈앞에 박온유가 나타났다.

"무슨 상관인데?"

온유 얼굴을 보자 그동안 나를 모른 척했던 일이 생각나서 퉁명스러운 말투가 튀어나왔다.

"맞아. 상관없지. 빨리 가자. 늦겠다."

온유는 여전히 다정한 말투로 답하며 내 책가방을 또 붙잡았다. 힘에 떠밀리며 얼떨결에 앞으로 나갔다. 나는 문득 방금 달그네가 보낸 편지가 떠올랐다.

친절한 사람을 조심하세요.

지금 온유는 나에게 친절한 걸까. 그 아이가 친절한 사람인 걸까.

"야!"

교실에 들어서자마자 김한성이 크게 소리쳤다. 깜짝 놀라기도 했지만 내가 무슨 잘못이라도 했나 싶어서 두근거렸다. 다른 애들도 평소 김한성이 나를 어떻게 대하는지 아니까 두려운 눈으로 우리 둘을 번갈아 봤다.

"실물 한번 보자!"

김한성은 내가 아니라 내 책가방으로 달려갔다. 모둠 과제가 목적이었다. 그림들을 보더니 스캔해 둔 파일이 든 유에스비를 달라고도 했다. 내가 그린 만화는 크기가 작았기 때문에 빔프로젝터를 이용해서 그림을 발표할 셈이었다.

"아예 처음부터 그림을 프로그램으로 그리면 어때?"

김한성이 던진 말에 바로 대답할 수 없었다. 무슨 의미로 그렇게 말하는지 몰랐다.

"으, 답답해. 손으로 그리지 말고 컴퓨터나 아이패드로 그리라고. 그러면 스캔할 필요가 없잖아."

"나 그림 프로그램 안 써 봐서 할 줄 몰라."

"배워!"

김한성은 답답하다는 듯 자기 가슴을 꽝꽝 쳤다. 왜 저러는지 도무지 이해가 안 됐다. 내가 어떻게 하던 자기랑 무슨 상관이라고. 앞으로는 같은 모둠 안 되게 해 달라고 선생님께 말한다고 했으면서.

어쨌든 김한성은 이번 발표도 혼신의 힘을 다해 성공적으로 마쳤다. 진짜 성우라도 되는 듯 목소리 변조까지 해서 연기하니까 애들이 깔깔대느라 정신이 없었다. 여자애 중에는 만화 진짜 귀엽게 잘 그렸다고 말하는 애들도 여기저기 있었다.

"잘 그리긴 무슨. 다 저 정도는 그리는 거 아니야?"

지율이 얄밉게 비아냥거렸다. 어쩜 웅성대는 소리 중에서 지율이 목소리는 또박또박 잘도 들릴까. 우리 반 여왕인 지율이가 말하니까 주위에 앉은 애들이 고개를 끄덕였다.

맞아, 맞아.

다시 보니 그러네.

나도 사실 저 정도는 그려.

들리진 않지만, 대충 이런 맞장구를 치고 있는 것 같았다. 다른 의미에서 달그네의 말이 다시 떠올랐다.

친절한 사람을 조심하세요.

적어도 지금, 교실에서 내가 조심해야 할 사람은 없어 보였다. 아니다. 딱 한 사람. 온유는 예외였다. 쉬는 시간에 온유가 내 자리로 왔다.

"진짜 잘했더라. 그림에 소질이 있었구나. 몰랐어."

"어, 나도 몰랐어."

대답하고 나자, 여자애들이 이쪽을 바라보고 있다는 것을 깨달았다. 특히 지율이 눈을 치켜뜨고 있었다. 온유에게 하고 싶은 말이 있었지만, 지금 해서는 안 된다는 게 명확했다.

"나랑 잠깐 이야기 좀 할래?"

어쩔 수 없이 재미없는 대사를 내뱉을 수밖에 없었다. 온유는 어깨를 으쓱하면서도 앞장섰다. 순간 여자애들 쪽에서 웅성대는 소리가 커졌다.

지금 뭐야?

둘이 왜 나가?

온유가 주나연이랑 할 얘기가 있는 거야?

이런 이야기가 오가는 것 같았다. 하지만 나는 이렇게 할 수밖에 없었다.

나는 복도 끝으로 온유를 데려갔다.

"너 박온유였어?"

온유는 기뻐하는 것처럼 보였다.

"그래도 기억하고 있었네?"

"그냥 기억났어. 키는 엄청나게 자랐지만, 얼굴은 똑같아."

"그래? 넌 얼굴도 키도 비슷한데, 많이 달라졌어."

온유가 무슨 말을 하는지 알 것 같았다. 내가 봐도 난 싸움닭으로 불리던 5학년 그때와 너무 달랐다. 전학을 간 나에게 무슨 일이 있었는지 이 애는 모를 것이다. 6학년을 어떻게 보냈는지 알면 변한 나를 조금은 이해할까?

"어쨌든 반가워. 새 학기 첫날 네가 교실에 앉아 있는 걸 보고 진짜 좋았어."

내 기분이 안 좋아진 걸 눈치챈 온유가 밝게 말했다. 하지만 내가 할 진짜 이야기는 아직 남아 있었다.

"앞으로 나한테 말 걸지 말아 줘."

"뭐라고?"

온유는 생각지도 못한 말을 들었다는 반응이었다. 그래도 난 이럴 수밖에 없었다.

"네가 말 걸면 애들이 쳐다보잖아. 관심받기 싫어. "

"그게 무슨 소리야. 누가 쳐다본다고 그래?"

온유는 정말 모르는 것 같았다.

"한지율. 나 여왕 심기 거슬리기 싫어. 그리고 그거 아니라도 반에서 누구와도 친하게 지내고 싶지 않아."

"한지율?"

나도 아는 걸 당사자인 온유는 까맣게 모르다니. 내가 지율에게 온유 이름을 물어본 그날부터 나는 지율을 관찰했다. 왜 나에게 까칠한지 알고 싶었기 때문이다. 지율의 시선이 온유를 따라다닌다는 것은 쉽게 발견할 수 있었다. 게다가 온유도 나를 바라봐 왔다는 것을 깨달았다. 지율이 그전부터 이유 없이 나에게 차가웠던 이유였다.

"알아들은 걸로 하고 갈게."

"너 왜 이렇게 변한 거야?"

내 뒤통수에 대고 온유가 물었다. 대답하지 않았다. 나는 5학년 때까지 주목받기 좋아하고 활발했다. 누가 시비를 걸면 끝까지 물고 늘어질 정도로 무서울 게 없었다. 그러나 지금은 그 정반대다.

교실로 돌아온 나를 보는 지율 무리의 시선. 교실의 여왕. 모든 애들은 지율을 따른다. 꼭 그때 그 애에게 그랬듯이. 나는 애써 지율 쪽으로 고개를 돌리지 않았다. 또다시 같은 실수를 반복할 수 없었다. 온유가 내 말을 제대로 알아들었다면 말을 걸지 않을 것이다. 그러면 지율의 차가움도 미지근해지겠지.

To. 딜그네

왜 그런 말씀을 하시는 거죠?

From. 나쥬

저번 편지와 마찬가지로 그냥 무시하려다가 답장을 보냈다. 내가 아무 말도 안 하면 비슷한 내용의 편지를 계속 보낼까 봐 겁이 나기도 했다. 그런 이야기는 해 주지 않는 편이 나에겐 나았다. 심장소리가 혈관을 타고 귓가에서 울려 왔다. 점점 빠르게. 나를 공격할 것처럼.

답장을 보내고 보니 선물함에 무언가 와 있었다. 또 익명의 사람으로부터 온 선물이었다.

행운 무지개가 배달되었습니다.

받으시겠습니까?

예/아니오

행운 무지개는 보물이 있는 곳을 알려주는 아이템이었다. 게임에서 쉽게 모을 수 있는 코인이 아니라 어쩌다 한 번씩 얻게 되는 보석을 줘야 살 수 있었다. 이렇게 귀한 걸 누가 준 걸까.

생각나는 사람은 한 사람밖에 없었다. 나에게 플나나 마을의 친구는 지비뿐이었다.

행운 무지개를 수락하자 연달아 메시지가 떴다.

보물 길잡이가 생성되었습니다.

행운이 +5 되었습니다.

길잡이를 따라가면 보물을 찾을 수 있습니다.

유효 기간 하루.

"우아."

당장 길을 따라가고 싶었다. 하지만 오늘은 아직 할 일이 남아 있었고, 모험 미션을 시작하면 며칠간 다른 일상생활은 불가능했다. 행운 무지개는 귀했지만, 자유도가 높지는 않았다. 게다가 당장 내일 저녁에는 헤르만 헤세 독서 클럽 모임에 가야 했다. 마음에 걸리는 건 유효 기간이 하루라고 적혀 있어서 오늘이 지나면 손해라는 거였다. 이건 좋은 아이템을 저렴하게 살 수 있는 방법 중 하나였다. 보통은 돈을 아끼려고 유효 기간이 짧은 걸 샀다.

잠시 고민했지만, 결국 나는 독서 모임을 택했다. 지비와 하는 두 번째 모임인데다가, 이번에도 지비의 집에서 하기 때문이다. 그런데 마음을 정하고 나니 이상하다는 생각이 들었다. 지비는 내일 모임을 누구보다 잘 안다. 아무리 저렴해도 이런 선물을 했을 리 없었다. 그럼 누구란 말인가.

아무리 생각해도 귀한 선물을 할 사람이 없었다. 그러고 보니 조개 목걸이도 그랬다. 이런 것들을 공짜로 선뜻 내어 준다는 것은 안 좋은 의도가 있는 행동일 수도 있었다. 좀 더 의심을 해 봤어야 하는데 그러지 못했다. 두 번이나 귀한 선물을 수락한 게 후회가 됐다. 생각해 보니 그때는 지비와 가까워지기 전이었고, 두 번의 익명 선물은 같은 사람이 보냈을 확률이 높았다. 그렇다면 누구지?

"취소는 못 하나?"

고객센터 Q&A에 뒤늦게 선물 수락 취소가 가능한지 검색해 봤지만, 그건 불가능한 일이었다.

친절한 사람을 조심하세요.

달그네의 말이 맴돌았다. 괜히 그런 말을 해서 종일 사람을 뒤숭숭하게 만들다니.

딩동.

게임을 종료하려는데 편지가 왔다.

To. 나쥬

당신 주위에 좋은 사람만 있는 것은 아닙니다.

From. 달그네

"이건 또 무슨 말이야?"

좋은 사람 나쁜 사람

질문을 받았으면 대답을 하는 게 맞다. 하지만 달그네는 도돌이표 같은 말뿐이었다. 친절한 사람을 조심하라 했다가 내 주위에 좋은 사람만 있는 건 아니라고 한다. 어찌 보면 협박처럼 들리는 말이었다.

"그래서 어쩌라고?"

주변에 좋은 사람만 있을 수 없다는 건 누구보다 내가 잘 안다. 좋은 사람인 줄 알았는데 아닐 때도 있었다. 그런데 정말 그게 다였다. 안다고 해도 어떻게 할 수 있는 것은 아니었다.

5학년 때 전학 간 학교에서는 아는 애들이 한 명도 없었다. 이전 학교에서 싸움닭처럼 아이들과 대치하곤 했지만, 그래도 모두 오랫동안 알던 사이라 금방 화해하고 잘 지냈었다. 당연히 새 학교에서도 그럴 줄 알았다. 그런데 예상과 달랐다. 이곳에는 여왕이 존재했다.

처음에 여왕은 나에게 잘해 줬다. 전학생을 배려한다고 이것저것 알려주고, 반 애들에 대한 정보도 줬다. 여왕이 내가 마음에 들었던 것인지, 자신의 착함을 과시하고 싶었던 건지는 모르겠다. 어쨌든 나는 여왕의 무리에 들어가게 됐다. 그래서 새 학교에 무난히 적응한 것처럼 보였다. 그런데 내가 아무 생각 없이 한 행동이 여왕의 심기를 건드렸다. 그 애 별명이 여왕이라는 것을 알고는 웃겨서 웃었을 뿐인데. 여왕은 진심으로 감정이 상했던 것이다.

"안녕, 주나연."

다음 날 아침, 여왕은 여느 때처럼 다정하게 웃으며 인사하다가 갑자기 이렇게 말했다.

"이게 마지막 인사야."

"그게 무슨 말이야?"

"나랑 나누는 마지막 대화라고. 그러니까 이 순간을 기억해. 한 글자도 **빼먹지** 말고 잘 기억하라고. 알았지?"

여왕은 그 말을 하면서도 여전히 다정하게 웃었다. 그래서 나는 지금 무슨 일이 일어나고 있는지 잘 몰랐다.

하지만 갑자기 모든 애들이 날 투명 인간처럼 대하기 시작했다. 큰일이 일어났음을 알게 됐다.

"야, 내 말 안 들려?"

나는 화를 내 보기도 했다.

"제발 그러지 마."

애원도 해 봤다.

그러나 애들은 내가 그럴 때마다 난처해할 뿐 행동을 바꾸진 않았다. 모두 여왕 눈치만 봤다. 나는 그 사실을 알고, 여왕에게 말했다.

"너 나한테 왜 그래?"

여왕은 그저 웃었다. 자신이 정한 규칙에 따라 말은 한마디도 하지 않았다.

"나랑 나누는 마지막 대화라고. 그러니까 이 순간을 기억해. 한 글자도 빼먹지 말고 잘 기억하라고. 알았지?"

일부러 그런 것도 아닌데, 정말 마지막 말을 기억하게 됐다. 그 애의 마지막 말이 가슴 속에 흉터처럼 새겨졌다.

6학년에 올라가서 여왕과는 다른 반이 되었지만, 상황은 바뀌지 않았다. 여전히 그 애는 5학년에 이어 6학년의 여왕이었다. 다행히 나에게는 엄마가 있었다. 엄마는 학교에 가기 싫어하는 나를 위해 최소 출석 일 수만 학교에 가도록 해 주었다. 그때 나를 치유하고 견디게 해 준 건 여행과 자유였다.

중학생이 되면서 일부 아이들이 같이 진학했지만, 여왕은 다른 중학교로 갔다. 그러자 놀랍게도 아이들은 나를 투명 인간 취급하던 것을 싹 멈추었다. 언제 그랬냐는 듯이 평범한 반 친구로 대해 주었다. 다만 내가 달라졌다. 1년 반의 투명 인간 세월은 나를 소심하고 말수가 적은 사람으로 만들어 버렸다. 그리고 무엇보다 사람을 못 믿게 되었다. 그런데 이런 나에게 달그네가 사람들을 믿지 말라고 하는 것이다.

To. 달그네
내 일은 내가 알아서

답장을 쓰려다가 그냥 편지 쓰기 창을 닫았다. 답장할 가치도 없는 말이었다. 나는 여왕이 내게 한 짓이 떠올라 기분이 안 좋아졌다. 눈물이 나올 것 같고 속이 답답했다. 지금은 주위에 여왕이 없었지만, 언제 누가 나에게 그런 짓을 할지 몰라 늘 불안했다. 예를 들어 지금 우리 반의 여왕 한지율이라거나. 지율이 나에게 차갑게 말할 때 사실은 겁이 나고 무서웠다. 중학교에 와서는 겨우 따돌림에서 벗어났다. 하지만 자꾸 5, 6학년 전학생 시절로 끌려 들어가는 기분이었다.

똑똑.

누군가 문을 두드렸다.

"누구세요?"

"봉봉 여사예요."

봉봉 여사의 농장 방문은 게임 초반 이후 처음이었다. 봉봉 여사는 그날 이것저것 가르쳐 준다며 일을 시키거나 나를 귀찮게 했다. 그러나 양털 코트 만드는 양장 기술을 배우고 싶은 건 나였다. 초급 레벨은 코트 만드는 기술이 없어서 중급 레벨은 돼야 했다. 하지만 그러려면 몇 차례는 기술 습득을 위한 대화를 나눠야 한다는 조건이 있다.

"어서 오세요. 웬일이세요?"

나는 최대한 예의를 차리고 친절하게 봉봉 여사를 맞이했다. 저번에 약속을 어겨 호감도가 깎였기 때문에 잘 보여야 했다.

"요즘 도통 만날 수가 없어서 궁금해서 찾아 왔어요. 우리 한 번 티타임 가져요. 이건 선물이에요."

봉봉 여사가 수제 딸기잼을 내밀었다. 직접 기른 딸기를 조려 만든 잼. 그저 아이템일 뿐이었지만, 정성스러운 선물이란 생각에 나도 모르게 울컥했다.

"……고마워요."

"뭘요. 이웃끼리. 요즘 잘 지내고 있어요?"

봉봉 여사는 친절한 사람이었지만, 의심할 여지 없는 친절이었다. NPC에게 부여된 성격 말고 다른 속내가 있을 리 없었다.

"그다지 잘 지내지 못해요. 친구를 만들고 싶은데 사귈 수가 없거든요. 다들 언제 나를 떠나갈지 몰라서 불안해요."

"친구? 내가 있잖아요. 나쥬 님의 이웃 친구."

봉봉 여사가 해맑게 말했다. 친구라는 단어에 반응한 대답일 뿐이라는 걸 알지만, 마음이 따뜻해졌다.

"맞아요. 고마워요."

"고맙긴요. 내가 더 고마워요. 다른 고민은 없나요?"

"늘 피곤해요. 학교 공부도 어렵고 가만히 있고만 싶어요."

"그랬군요. 그럴 때는 쉬어 가는 것도 좋아요."

조언은 상투적이었지만, 정말 그게 답일 때가 있다. 봉봉 여사에게는 무엇이든 말할 수 있었다. 나에 대해 어떻게 생각할지 고민하지 않고 편하게 말해도 됐다. 그리고 일단 누군가에게 고민을 털어놓는 것만으로도 기분 전환이 되었다.

"플나나 마을에 와서 정말 다행이에요. 요즘 유일하게 보내는 즐거운 시간이거든요."

"맞아요. 플나나 농장의 휴식은 좋은 게임이지요. 현실의 시름을 잊는 휴식처가 되어 주니까요."

봉봉 여사는 게임 광고 같은 대사를 했다. 진짜 사람이 아니라 NPC라는 것을 상기시켜 주는 말이었지만, 맞는 말이라고 생각했다.

"집은 다음에 갈게요. 양장 기술 가르쳐 주세요."

양을 구입할 돈을 집 리모델링으로 전부 써 버려서 코트는 못 만들 것 같았다. 그래도 기술은 미리 배워 두면 좋다. 그러다가 문득 잊고 있던 일이 떠올랐다.

"아, 안 돼!"

리모델링 의뢰를 미처 맡기지 못한 것이 떠올랐다. 읍내 건축 회사로 가려던 그때 김한성에게 모둠 과제 연락이 왔다. 나는 서둘러 만화를 그리고 잠이 들었다. 그래서 읍내로 가는 버스를 타지 못했던 것이다.

"봉봉 여사, 미안해요. 나 급한 일이 생겼어요. 이제 돌아가 줄래요?"

"그렇군요. 다음에 다시 만나요."

오늘은 목요일. 지금 리모델링을 맡기면 토요일에 완성이었다. 지비와의 약속은 현실 오후 2시로 예정되어 있는데 리모델링은 정확히 몇 시에 완성인지는 몰랐다. 서둘러 읍내로 가는 버스에 올라탔다.

"정확히 36시간 걸립니다."

건축가가 당연한 걸 묻는다는 식으로 대답했다.

"시간을 단축할 수는 없나요?"

"유료 결제를 하거나 보석을 쓰면 단축할 수 있습니다."

"보석 하나에 얼마나 단축돼요?"

나는 수중에 있는 보석을 확인해 보았다. 이벤트로 받아서 쓰지 않고 모은 것이 16개였다.

"보석 하나당 30분입니다."

16개면 여덟 시간을 살 수 있었다. 플나나 농장은 지금 오전 10시쯤이다. 현실 시간 2시에 만나기로 했으니 여덟 시간이면 아슬아슬하게 리모델링 완료가 가능했다.

"16개 드릴게요. 빨리해 주세요."

나는 재빨리 리모델링 의뢰 버튼을 눌렀다. 그리고 돈을 결제하며 보석을 추가로 16개를 다 썼다. 예상 완료 시간이 현실 시간으로 13시 57분이었다. 그때 미리 접속해 있다가 사 둔 가구를 빨리 배치하면 완벽한 집을 만들 수 있을 것이다.

"완벽해."

내일은 지비 집에서 헤르만 헤세 독서 클럽 모임, 모레는 지비를 위한 집들이. 완벽한 스케줄이다.

토요일의 이중 약속

마침내 토요일이 되었다. 나는 미리 가구를 골라 사고 어떻게 배치할 것인지도 생각해 두었다. 간밤에 헤르만 헤세 독서 클럽에 가니 그새 지비도 정원을 예쁘게 꾸며 두었다. 내게 선물했던 꽃다발처럼 예쁜 장미 정원이었다. 모임은 그저 그랬지만 장미 정원을 본 것만으로도 의미 있는 참석이었다. 달그네는 나에게 한 짓이 잘못이라는 걸 아는지 참석하지 않았다. 역시 뭔가 켕기는 구석이 있는 것이다.

기분 좋게 눈을 떴지만, 여전히 몸은 침대 이불 속에 있었다. 아직 9시. 어제 캡처하여 보관 중인 지비의 정원 사진을 보면서 늦장을 부렸다.

"나언아, 아직 안 깼니?"

엄마가 방문을 확 열었다.

"엄마, 노크!"

"노크는 무슨. 아직이야?"

나는 짜증을 냈지만, 엄마는 신경도 안 썼다.

"뭐가 아직이야?"

"이제 일어나서 준비해야지. 주말이라 차 막힌단 말이야."

엄마는 당연히 내가 안다는 듯이 말했다.

"우리가 어딜…… 가?"

"어딜 가긴. 할머니 생신이잖아. 할머니 댁 근처 호텔 뷔페 예약한 거 몰라?"

"아!"

기억났다. 오늘 할머니 칠순 생신이어서 가족끼리 식사하기로 한 선약이.

"몇 시지?"

"12시 30분. 그러니까 서둘러야 해. 가는 데 2시간은 걸린단 말이야. 우리는 미리 도착해야 하니까 10시에는 집에서 나가야 해."

엄마는 빨리 아침밥을 먹고 씻고 준비하라고 재촉했다.

"나 안 가면 안 돼?"

"뭐? 너 그게 무슨 소리야? 여보, 나연이 안 간대."

엄마가 양치질하고 있던 아빠에게 당장 일렀다. 아빠는 칫솔을 입에 물고 달려왔다.

"안 돼. 가야지. 할머니 생신인데. 그냥 생신도 아니고 칠순이란 말이야."

"나 할 일이 좀 있는데⋯⋯."

"할 일은 무슨 할 일. 할머니가 나연이 보고 싶어서 얼마나 기다리시는데."

아빠가 눈을 부릅떴다. 더 말하면 화만 낼 것 같아서 알았다고 대답하고, 식탁에 앉아 밥을 먹었다.

나는 머릿속으로 시간을 계산했다. 도착해서 1시간 동안 점심밥을 먹고, 집에 돌아올 때 차에서 게임에 접속하면 될 것 같았다. 2시 전에만 들어가서 가구를 배치하고 지비를 맞이하면 될 테니까. 간당간당하긴 하지만 충분히 가능할 것 같았다. 나는 계산을 끝내고, 안심하며 나갈 준비를 했다.

12시 30분. 예약 시간인데 우리 방의 테이블이 다 차지 않았다. 칠순을 맞아 문구를 새긴 케이크와 접시들을 세팅한 긴 테이블에 앉아 기다렸다. 그런데 아직 고모네 가족이 도착하지 않았다.

"우리 먼저 먹으면 안 돼?"

"무슨 소리야. 다 같이 촛불 끄고 먹기 시작해야지."

엄마가 다른 가족들 눈치를 보면서 주의를 줬다. 아빠는 할머니가 출출할까 봐 걱정하면서 초조하게 문 앞에 서 있었다. 큰아빠네와 우리 가족은 2시간 거리에서 왔는데, 가까이 살고 있는 고모네 가족이 가장 늦다니 말도 안 됐다. 이러다가는 식사 모임이 늦게 끝날 것만 같았다.

"나 배고프단 말이야."

엄마는 배고프다고 징징대는 나에게 눈을 치켜떴다.

"어린 동생들도 잘 기다리는데, 네가 왜 난리야? 얌전히 기다려."

큰아빠네 아이들, 즉 사촌들은 모두 넷이다. 첫째 오빠만 나보다 나이가 많고 나머지는 어린 동생들이다. 그 애들은 배가 고프지도 않은지 이리저리 돌아다니며 놀고 있었다.

결국 고모네가 20분이나 늦게 도착한 탓에 식사는 1시에나 시작되었다. 나는 빨리 먹고 일어서고 싶었지만, 어른들은 그렇지 않은 모양이었다. 하하 호호 웃으면서 술과 음료수도 곁들여 먹었다. 알고 보니 느긋하게 즐기기 위해서 방을 3시까지 빌렸다고 했다.

　어느새 2시가 가까워져 오는 시간. 이대로 앉아 있을 수 없었다. 나는 1시 50분에 자리에서 일어나 화장실로 달려갔다. 테이블에 앉아 게임을 할 수는 없었다. 어른들의 불호령이 떨어질 게 뻔했다. 특히 우리 할머니는 게임하는 사람을 한심하다고 생각했다. 나이 많은 어른이니까 게임을 한 번도 안 해 봐서 그런 거라고 이해할 수는 있었지만, 모두가 있는 앞에서 혼나긴 싫었다. 나는 일부러 레스토랑보다 한층 아래로 내려갔다.

　짜잔.
　리모델링이 완료되었습니다.

　게임에 들어가자마자 반가운 알림이 나왔다. 나는 얼른 새로 산 가구 아이템을 꺼내 차례차례 배치했다. 넓고 깔끔한 집에 어울리는 장롱, 침대, 책상, 소파, 테이블······.
　마지막 가구를 배치하자 초인종이 울렸다.

　딩동 딩동.

"누구세요?"

"나야. 지비."

문을 열자, 지비가 커다란 꽃다발을 들고 서 있었다. 저번에 받은 장미 꽃다발보다 열 배는 많아 보였다.

"자, 이거. 너보다는 안 예쁘지만."

"뭐? 뭐?"

지비가 뭐라고 했는지 귀를 의심했다. 엄청나게 오글거리는 말이었는데, 듣기 싫진 않았다.

"들어와. 너희 집보다는 별로지만…… 우리 집 어때?"

나는 짧은 시간에 최선을 다해서 꾸민 집을 보여 주었다. 지비는 집이 아기자기하고 예쁘다고 했다.

"정말?"

"정성 들여서 관리하고 꾸민 티가 난다. 네가 평소에 얼마나 성실한지 보여."

"성실이라니…… 그건 아닌데……."

"아냐. 마당에 닭은 잔병치레 없이 튼튼하고 밭에도 잡초 하나 없더라."

그건 또 언제 본 건지. 지비는 또래 남자애답지 않게 세심한 구석이 있었다.

나는 티테이블에 홍차와 곁들인 음식을 차렸다. 지비와 마주 앉으니 정말 데이트하는 느낌이 났다. 선물 받은 장미 꽃다발은 창가에 장식해 두었다. 아직 커튼을 달지 못했는데 장미꽃이 창가를 가려 주며 그럴듯한 분위기가 되었다.

"어제 정원에도 장미꽃 있는 거 봤어. 장미 좋아해?"

"장미는 보기에는 예쁘고 화려한데, 속에 가시를 숨기고 있잖아. 난 그런 게 좋아. 반전 매력이랄까. 겉과 속이 모두 예쁘기만 하거나 강하기만 한 건 재미없잖아."

지비는 역시 생각이 깊은 애 같았다. 다른 남자애들과는 차원이 달랐다. 다른 애들은 장미가 예뻐서 혹은 향기로워서 좋아한다는 대답이나 할 것이다.

우리는 여러 가지 이야기를 나누었다. 읽은 책과 생각하는 것들, 요즘 유행하는 건 잘 모르겠다는 점과 복고풍 물건들의 매력에 대하여. 서로 공통점을 찾아갔다. 정말 대화가 즐거웠다.

"넌 정말 다른 애들과 다르다."

나도 모르게 속내를 말해 버렸다. 실수다. 말하고 난 것을 주워 담을 수도 없고 당황스러웠다.

"너야말로 특별해."

다행히 지비가 아무렇지도 않게 대답했다. 나는 그저 다르다고 했을 뿐인데 특별하다니. 그건 정말 놀라운 단어였다. 가슴이 벅차올랐다. 그런 말을 누군가에게 들은 것은 처음이었다. 아무도 나를 그렇게 생각하지 않았다.

"특별?"

"응. 그냥 봐도 알아. 플나나 마을 안에서도 아무렇게나 지내는 게 아니잖아. 현실에서도 얼마나 진지하게 살고 있을지 훤히 보여. 그 나이에 그러기 쉽지 않잖아."

현실의 내 모습? 순간 진짜 나에 대해 생각했다. 지비의 짐작이 틀렸다는 것을 알았지만, 굳이 그걸 알려주고 싶지 않았다.

"너 혹시 수제 버거 좋아해?"

나는 말을 돌리려고 음식 이야기를 꺼냈다. 반 애들이 학교 앞에 새로 생긴 수제 버거집에 관해 이야기하는 것을 들은 기억이 났다.

"당연하지."

"우리 학교 앞에 수제 버거집이 하나 생겼거든. 그런데 거긴 '마음대로 버거'라는 메뉴가 있대. 가격은 좀 비싸지만, 원하는 재료를 고를 수가 있는 거지."

"오, 정말 좋다. 난 고기를 좋아하니까 햄버거 패티를 여러 장 넣어 달라고 할래. 양상추는 빼 달라고 할 거야. 치즈도 두 장

넣어야지."

지비는 보기보다 많이 먹는 모양이었다.

"정말? 너무 느끼하진 않을까?"

"피클이나 양파, 토마토 같은 건 넣을 거야. 그런데 나한테 마음대로 버거 사 줄 거야? 현실에서?"

"아, 먹고 싶어?"

좀 걱정스러웠다. 지비에게 소심하고 게으른 진짜 내 모습을 보여 주기 두려웠다. 실망할 게 뻔했다. 나는 하는 수 없이 또 화제를 돌려야 했다.

"나도 아직 먹어 보진 못해서 맛은 장담 못 해. 내가 일단 먹어 보고 알려줄게. 그것보다 페퍼 씨 말이야. 혹시 진짜 학교 선생님 아닐까?"

"난 네 이야기가 듣고 싶은데……."

지비가 말했다. 일부러 재미있는 화제를 생각해 내서 말한 건데 이야기가 재미없나?

"그저 네가 어떤 사람인지 알고 싶은 것뿐이야. 어느 곳에 살고 다니는 중학교 이름도 궁금해."

"나 경기도……."

쾅쾅쾅.

갑자기 엄청나게 큰 소리가 났다. 처음엔 밖에서 천둥이 치는 줄 알고, 창문 쪽을 바라봤다.

"이게 무슨 소리야?"

"소리?"

지비는 안 들리는 모양이었다. 그럼 어디서 나는 소리지? 나에게만 들리는 건가?

쾅쾅.

"학생, 안에 있어요?"

"주나연, 나연아!"

어떤 여자와 엄마 목소리가 연달아 들렸다. 엄마? 그렇다면 현실 속 소리?

내가 고개를 들자 요란한 굉음과 함께 화장실 문이 강제로 열렸다. 나는 휴대폰을 들고 놀란 표정으로 정면을 바라봤다. 엄마가 가장 먼저 보였고, 그 옆에 여자 경찰관이 있었다. 조금 전에 경찰관이 문을 두드리고 말을 건 모양이었다.

"학생, 괜찮아요?"

경찰관은 한참 화장실 안쪽과 주위를 살피다 창문 밖까지 내다봤다.

"진짜 괜찮은 거죠? 이상한 사람 없었고?"

도대체 어떻게 된 일인지 알 수 없었다. 소식을 들은 친척들도 우르르 화장실로 쫓아 들어왔다. 알고 보니 엄마는 내가 사라졌다고 생각했던 것이다. 전화도 받지 않아서 친척들도 호텔 여기저기를 찾으러 다녔고 그러다가 경찰에 신고까지 했단다. 다시 경찰과 함께 호텔 수색 중 계속 잠겨 있던 수상한 화장실 문을 따서, 나를 찾아낸 것이다.

"이게 무슨 일이야. 아까 불렀을 때는 아무 대답 없었는데."

고모가 나를 이리저리 살피며 확인했다. 마치 내가 어디 사라졌다가 나타났다는 것처럼. 사실 난 지비와 이야기하느라 가족들이 부르는 소리를 듣지 못했다.

"이게 무슨 일이람. 우리가 얼마나 찾아다녔는데. 오빠, 나연이 데리고 빨리 병원 가서 검사해 봐."

고모가 다급하게 외쳤다. 하지만 엄마는 이미 무슨 일인지 알고 있는 듯 차분했다. 아까 문이 열렸을 때, 내 손에 쥐어져 있던 휴대폰을 본 것이다. 다들 나를 걱정할 때도 한발 물러서서 얼굴을 찌푸리고 있었다.

"저희 먼저 갈게요. 죄송해요."

어쨌든 우리는 다른 사람들보다 먼저 호텔을 빠져나왔다. 아빠는 내비게이션에 가까운 병원을 검색했다.

"병원 안 가도 돼."

엄마가 굳은 얼굴로 말했다. 아빠는 아직 눈치채지 못하고 의아해했다.

"무슨 말이야?"

"나연이 심각한 게임 중독이야. 지금도 화장실에서 게임하다가 우리가 찾는 소리도 못 들은 거라고."

"뭐? 설마."

나는 엄마와 아빠가 대화하는 중간에 끼어들 수 없었다. 무슨 말을 해도 엄마를 더 자극하는 일밖에 안 됐다.

"나연이 요즘 어떤지 알아? 게임하느라 숙제 안 하고 시간 가는 것도 몰라. 그냥 계속 폰만 들여다보고 있어. 게임할 때는 내가 부르거나 옆에 서 있어도 모르고. 아주 미친 거 같다니까."

"미친 건 좀……."

"넌 조용히 해!"

괜히 끼어들었다가 엄마한테 더 혼났다. 옆에 있던 아빠도 얼굴이 점점 굳어져 갔다.

"게임 중독…… 치료 센터 같은 게 있나?"

"아빠!"

잔소리하는 엄마와 당장 병원에 보낼 것 같은 기세인 아빠까지 보태지니까 참을 수 없었다. 나도 고모가 화장실에서 부르는 소리를 못 들었다는 사실에 놀랐지만, 게임 때문에 이렇게까지 질책받아야 하는지 모르겠다.

"너 진짜 심각해."

엄마가 다시 쐐기를 박았다.

"휴대폰 줘."

"왜?"

엄마한테 휴대폰을 주려니 지비가 떠올랐다. 지금쯤 지비는 티타임을 하다가 사라진 나를 기다리며 황당해하고 있을 것이다. 게다가 우리 집에 초대했다가 주인인 내가 나가서 지비도 게임에서 자동으로 튕겨 나갔을 것이다. 다시 생각하니까 더 걱정됐다.

"휴대폰 달라면 줘. 네가 지금 왜냐고 물을 자격이 돼?"

"어휴."

어쩔 수 없이 휴대폰을 내밀었다. 엄마는 내 휴대폰을 한참 만졌다.

"뭐 해?"

돌려 받은 휴대폰에 플나나 농장의 휴식이 삭제되어 있었다.

"엄마!"

왈칵 울음이 나왔다. 다시는 플나나 마을에 놀러 가지 못한다는 사실이 끔찍했다. 독서 클럽과 이웃 사람들, 그리고 친구 지비. 이제 모두 못 본다니.

"계정 삭제도 했으니까 다시 할 생각도 하지 마."

"······안 돼."

엄마 말에 목이 콱 막혔다. 게임을 다시 시작한다고 해도 봉봉 여사는 새로운 나를 알아보지 못할 것이다. 우리가 쌓아 둔 서사는 삭제되고, 다른 영혼을 가진 NPC가 나올 텐데. 나를 위로해 주고 고민을 들어주던 봉봉 여사는 이제 없다. 그리고 내가 일궈 놓은 밭과 닭들도 사라졌다. 엄마가 핵폭탄을 터뜨려서 마을을 날려 버린 것이다. 모두를 죽여 버린 것만 같았다.

"엄마가 지금 무슨 짓을 한 줄 알아?"

"네가 무슨 짓을 한 줄은 아니?"

엄마는 담담하게 말을 받아쳤다. 아빠는 중간에서 계속 한숨만 쉬었다. 아마 집에 가면 게임 중독에 대해서 열심히 검색해 볼 아빠였다.

게임 중독

일요일이 어떻게 지나갔는지 모르겠다. 나는 그저 침대에 누워만 있었다. 자꾸 눈물이 나오고, 절망적이었다. 아빠는 게임 중독 치료 캠프에 관한 자료를 프린트해서 내 책상에 갖다 놨다. 내가 게임 중독이라고? 말도 안 된다. 게임 중독은 도박 중독하고 비슷한 거 아닌가? 뇌 구조가 변하고 어쩌고. 나는 그저 플나나 마을이 궁금해서 자꾸 들어갔을 뿐인데. 그곳에도 내 생활이 있으니까. 현실보다 더 나를 위해 주는 사람들도 있다.

엄마는 아침밥을 먹으라는 말을 하지 않았다. 평소보다 밥 냄새가 꽤 오랫동안 풍기는 걸로 봐서는 내가 오길 기다리는 듯도 했다. 하지만 난 먹지 않았다. 엄마를 속상하게 만들고 싶었다. 내가 너무 굶어서 죽을 지경이 되면 엄마는 그제야 후회할 것이다. 그깟 게임 잠깐 히는 건데 놔둘걸. 게임 중독이니 뭐니 몰아붙이지 말걸. 그런데 엄마는 내가 토요일 저녁부터 지금까지 아무것도 안 먹었는데도 눈 하나 깜짝 안 했다. 월요일 아침에 빈속으로 학교에 가려고 나가는데도 붙잡지 않았다.

학교 교문에 들어가기 전 골목에서 잠깐 휴대폰을 만지작거렸다. 이맘때면 플나나 마을에 갔다 오곤 했는데, 이제 들어간다 해도 내 집은 없다.

"또 게임해?"

온유가 골목으로 들어와서 가방을 툭 쳤다. 순간 짜증이 확 일었다.

"하지 마!"

"어?"

온유가 놀란 표정으로 물러섰다.

"아…… 미안해. 아는 척하지 말라고 했지만, 여기는 딴 애들한테 안 보여서 괜찮을 줄 알았어."

온유는 내가 한지율 때문에 말 걸지 말라고 한 걸 기억하고 있었다. 지금 짜증 나는 것은 그것 때문이 아니었지만.

"짜증 나."

지금 상황이 생각나서 또 눈물이 나왔다. 그리고 원망스럽게

도 배가 고팠다. 슬프고 우울한데 배가 고프다는 게 어이없었다. 마치 내가 정성껏 슬퍼하지 않는다는 증거 같았다.

온유는 더 이상 나를 건드리지 않고, 조금 떨어져서 학교로 들어갔다. 내가 교실에 들어서고 시간을 두고 온유가 들어왔는데도 지율은 나를 노려봤다. 그 애 시선이 나를 옭아맸다.

"주나연 말이야, 개그맨 닮은 거 같지 않니? 콧구멍 후비면서 개그하는."

지율이 일부러 내가 들으라는 듯이 다른 여자애들에게 말했다. 나는 벌떡 일어서서 뚜벅뚜벅 걸어가 지율의 뺨을 한 대 갈기고 싶어졌다. 하지만 참았다. 지율은 학교 여왕이니까. 모두를 움직일 수 있는 존재였고, 나를 얼마든지 안드로메다까지 날려 버릴 힘이 있었다. 반증으로 여자애들이 지율이의 말에 일제히 까르르 웃었다. 거짓 웃음과 반응이었다. 아무리 객관적으로 생각해 봐도 나는 그 개그맨과 전혀 닮지 않았다.

"온유야, 네 생각은 어때?"

"뭐, 뭐가?"

온유는 지율이 무슨 말을 하는지 못 알아듣는 척했다. 비겁한 놈. 원래 내 친구였으면서 지금은 여왕 뒤에 숨어 있다니. 내가 변했다고? 아니, 너도 변했어. 박온유는 일 대 다수의 싸움

게임 중독

을 그냥 지니치지 않고 지기만의 방법으로 도와줬었다. 그 바온유는 이제 없다. 내가 변했듯이 온유도 변한 것이다.

"글쎄, 하나도 안 닮았는데?"

지율 앞자리에 앉은 누군가가 용감하게 말했다.

"한성이 말이 맞아."

"그러게. 나도 닮은 거 같진 않아."

애들이 너도나도 안 닮았다고 의견을 보탰다. 여럿이 그렇게 나오자, 지율의 목소리는 쏙 들어갔다. 지율은 요즘 인기 아이돌 이야기로 화제를 돌려 버렸다. 그래도 초등학교와 중학교의 여왕은 좀 다른 부분이 있구나 싶어서 안심이었다. 그때보다 조금 자란 아이들은 무조건적으로 여왕에게 동조하지는 않았다.

나는 그 짧은 시간 동안 주먹을 꽉 쥐고 못 들은 척했다. 아무리 도와주는 아이들이 있다고 해도 여왕의 비위를 거슬러서 좋을 건 없었다. 그나저나 김한성이 내 편을 들어 주다니 놀라운 일이었다. 내 얼굴만 봐도 답답하고 우울하다며 진저리를 치는 애다. 어째서 날 위해 그런 말을 한 걸까. 진짜 닮지 않았다고 생각해서 의견을 말한 건가. 하긴 김한성은 매사 정확한 걸 좋아했다. 일을 대충하는 것도 좋아하지 않았다.

학교에 내 편 따위 있을 리 없다. 학교는 외로운 곳이고, 모두가 나의 적이다. 그런데 그게 꼭 나에게만 그런 것일까? 사실 누구든 하루아침에 투명 인간이 될 수 있지 않은가. 학교는 긴장하며 자신을 지켜야 살아남을 수 있는 피곤한 곳이다.

  수업 시간 내내 어떻게 내 집과 지비를 찾을 것인지 끊임없이 궁리했다. 친구 추가를 해야만 연락이 가능했기에 진짜 삭제된 거라면 연락하는 일 자체가 불가능했다. 드넓은 게임 세상에서 우연히 다시 만나는 것은 말이 안 된다. 헤르만 헤세 독서 클럽은 비공개 클럽이기 때문에 검색해도 안 나왔다. 읍내에서 페퍼씨를 우연히 만나기 위해 날마다 서성거려야 그나마 가능성이 있었다.

  수업이 끝나고 휴대폰을 받자마자 화장실로 달려갔다. 화장실은 텅 비어 있었다. 나는 맨 끝 칸으로 가서 문을 닫고, 얼른 휴대폰을 켰다. 전원이 켜지자마자 플나나 농장의 휴식부터 다시 깔았다. 엄마가 계정을 삭제했다고 했지만, 아닐 수도 있었다. 아니면 복구하는 방법이 있을 수도 있다.

  "아."

  계정이 삭제된 건 사실이었다. 엄마가 원망스러웠다. 어떻게 손가락 하나에 모든 것을 없애 버릴 수 있단 말인가.

게임 중독

서둘러 Q&A를 눌러 계정 복구에 대해 검색했다.

Q. 계정을 실수로 삭제했는데, 복구할 수 있나요?

A. 계정은 삭제 뒤 30일간 보관됩니다. 설정-계정-계정 복구를 누르면
  복구하실 수 있습니다.

"다행이다!"

재빨리 설정에서 계정 복구 버튼을 찾아냈다. 버튼을 누르니
휴대폰과 이메일 인증이 나왔다. 초조하게 기다린 끝에 계정이
복구되고, 백업되어 있던 데이터가 다시 돌아왔다.

내가 살던 플나나 마을과 초록 지붕 이층집이 마법처럼 나타
났다. 농장을 되찾자마자 서둘러 친구 목록에서 지비부터 찾았
다. 지금은 접속 중이 아니었다. 대신 편지가 와 있었다.

To. 나쥬

무슨 일 있어?

너무 걱정된다.

큰일 있는 건 아니겠지?

널 위해서라면 뭐든지 할 수 있어.

From. 지비

편지를 보자 다시 서러웠다. 지비가 얼마나 걱정하고 있을까. 계정이 복구 되어서 정말 다행이었다.

To. 지비
갑자기 휴대폰에 문제가 생겨서 튕겨 나간 거야.
지금은 괜찮아.
계정도 삭제되었는데, 무사히 복구했어.
다음에 다시 초대할게! 미안해.
From. 나쥬

지비한테 답장을 보내자 기분이 좋아졌다. 이제 뭐든지 할 수 있을 것만 같았다. 지비의 편지에서 걱정하는 마음이 묻어났다. 솔직히 모든 것을 말할 수는 없었지만, 계정이 삭제되어서 늦어진 거라는 이야기는 꼭 하고 싶었다. 갑자기 사라진 게 벌써 두 번째였다. 내가 일부러 그런다고 오해할 수도 있고, 대충 설명하면 변명처럼 들릴 수도 있다.
"이제 됐어."

나는 급한 내로 수습을 끝내고, 개운하게 화장실에서 나왔다. 그때 복도에서 딱 온유와 마주치고 말았다. 온유는 나에게 말을 걸고 싶은 것 같았지만, 나를 그대로 지나쳐 갔다.

"안녕?"

뜬금없이 누군가 뒤쪽에서 인사했다. 돌아보니 우리 반 도희가 서 있었다. 온유를 보느라 뒤에 누가 있는지 못 봤다. 지금 보니 도희는 나보다 키가 작았다. 전에 같은 모둠으로 과제를 함께 준비했지만, 교실에서는 계속 앉아 있어서 몰랐다.

"기분 풀렸어? 아까 얼굴이 안 좋아 보여서."

"아."

그렇게 티가 났던 걸까. 하긴 밥도 안 먹고 죽을상을 하고 있으니 다들 눈치챘던 것 같다. 쓸데없이 눈에 띄기 싫었는데 망했다.

"그럼 잘 가."

도희가 손을 흔들며 인사했다. 나도 얼떨결에 손을 흔들어 주었다. 누구와도 잘 지내는 밝은 아이. 나도 저렇게 지내고 싶었다. 하지만 평범하다는 것은 꽤 어려운 일이었다.

학교에서 나와 집으로 걸어가면서 다시 플나나 농장에 들어갔다. 지비가 편지를 읽었는지 확인해 보고 싶었다. 하지만 지비는 아직도 접속 전이었다.

"지비네 학교는 늦게 끝나나?"

그러고 보니 지비가 어느 중학교에 다닌다거나 사는 곳이 수도권인지 지방인지도 몰랐다. 우리는 플나나 마을 이야기만으로도 나눌 말이 많았다. 현실 세계에 대해서는 서로 묻지 않았다. 그것은 게임 속의 암묵적 약속이다. 페퍼 씨도 실제로는 무슨 일을 하는지, 어떤 사람인지 전혀 모르지만 상관없다. 헤르만 헤세 독서 클럽을 운영하는 선생님이라는 것만 알면 되었다. 독서 클럽의 회원들도 나랑 또래라는 것만 알지 어떤 애들인지는 몰랐다. 게임은 게임이고, 현실은 현실이니까.

딩동.

편지가 왔다.

To. 나쥬
게임 친구를 현실에서 만나지 마세요.
From. 달그네

"뭐래."

마치 내 생각을 읽고 보낸 편지 같았다. 달그네가 경고하는 건 지비를 뜻하는 것일까? 지난주 달그네가 독서 모임에 나오지 않아서 나는 아무것도 물을 수가 없었다. 우리는 같은 클럽 회원이지만, 친구 사이는 아니었다. 그래서 접속 여부 같은 자세한 정보는 알 수 없었다. 나는 일단 달그네를 친구 목록에 추가했다.

달그네. 접속 중.

마지막 접속 시간을 보려고 한 건데, 아직 게임 안에 있었다. 나는 달그네에게 우리 집으로 올 수 있는 초대장을 보냈다. 한 공간에 있어야 실시간으로 이야기 나눌 수 있었다.

달그네 님에게 초대장 전송을 완료했습니다.

지금 접속 중인데 답이 늦었다. 나는 밭에서 농작물에 물을 주며 기다렸다. 파릇파릇한 토마토가 싱그럽게 열렸다. 신선한 토마토 파스타를 만들어 먹을 수 있을 만큼. 이곳에서는 일한

만큼 보상을 받았다. 밭에 물을 주고 잡초를 뽑고, 가끔 비료
도 주면 채소와 과일을 잔뜩 얻을 수 있다. 그건 고스란히 돈이
되거나 음식 재료가 되었다.

달그네 님이 초대를 거절했습니다.

"왜? 어째서 거절한 거지?"
누구보다 나와 대화를 나누고 싶어 할 줄 알았다. 하지만 달
그네는 시간을 끌더니 결국 수락 대신 거절 버튼을 누른 것이
다. 그리고 도망치듯 나가 버렸다.

달그네. 마지막 접속 기록 : 1분 전.

나를 피하는 것일까.
하지만 무작정 의심하기에는 변수가 많았다. 달그네도 학생
이니까 학원 수업이 시작해서 게임에서 나갔을 수도 있다. 그리
고 이상하고 불편한 말을 하지만, 나쁜 뜻처럼 들리지는 않았
다. 그렇다면 도대체 뭐지? 서로 이야기해 봐야 알 텐데.

딩동.

나는 편지를 열어 보고 깜짝 놀랐다.

To. 나쥬

그랬구나.

정말 많이 걱정했어.

우리 만날래? 너 어디 살아?

From. 지비

달그네의 예언처럼 지비가 만나자는 편지를 보낸 것이다.

달그네를 찾아라

지비의 편지에 답장하지 않은 것은 처음이었다. 집에서는 엄마 때문에 게임을 할 수 없다는 핑계가 있지만, 사실 뭐라고 해야 할지 몰라서였다. 게임 친구를 만나지 말라는 달그네, 만나자는 지비. 달그네는 마치 지비가 만나자고 할 것을 알고 있었던 것 같았다. 둘 사이에 내가 모르는 일이 있었던 걸까. 둘은 원래 아는 사이인가? 연달아 떠오르는 의문. 나는 그래서 지비를 만나야 할지 말아야 할지도 결정할 수 없었다. 당연히 지비를 만나고 싶다. 하지만 달그네의 경고가 마음에 걸리기도 했다. 나를 피하는 듯한 달그네 말을 백 퍼센트 믿기도 힘들었다.

인스타에서 인기 있는 카페에서 지비를 만나기로 했다. 지비는 나를 덩연히 한눈에 알아볼 수 있다면서 인상착의도 알려주지 않았다. 나는 지비가 먼저 발견해 주길 바라면서 약속 시간보다 10분 일찍 카페에 도착했다. 딸기에이드를 시켜서 마시는데, 무슨 맛인지 모를 정도로 초조하고 떨렸다.

"나쥬?"

뒤에서 목소리가 들려왔다.

"지비?"

반가운 마음에 휙 고개를 돌렸다. 그러나 내 눈앞에는 실망한 지비의 얼굴만이 있었다. 지비는 예상대로 귀엽고 잘 생기고 키도 큰 남자애였다. 플나나 마을의 캐릭터와 똑같았다.

"네가 나쥬야?"

지비 얼굴이 일그러졌다.

"어. 왜?"

"아니야. 내 예상과 너무 달라서."

"예상?"

당황스러웠다. 지비는 내가 상상한 모습과 외모는 똑같았지만, 성격은 건방지고 퉁명스러웠다.

"난 또 예쁜 줄 알았지. 나 바쁜 일이 생겨서 그만 갈게."

지비가 그대로 뒤돌아 카페를 나가 버렸다.

"아, 안 돼!"

나는 뒤늦게 지비를 잡아보려고 벌떡 일어섰다. 그 바람에 딸기에이드가 담긴 유리컵이 쓰러졌다.

쨍그랑.

산산조각이 난 유리컵. 여기저기 흉물스럽게 튄 새빨간 딸기에이드. 내 손에는 빨간 에이드보다 더 새빨간 액체가 묻어 있었다.

피?

손바닥에 커다란 유리 조각이 박혀 있었다. 손에서 피가 뚝뚝 떨어졌다.

"아악!"

힙. 숨을 몰아쉬며 잠에서 깨어났다. 서둘러 손바닥을 확인해 보니 피는커녕 멀쩡했다. 모든 게 꿈이었다.

다행이다. 꿈을 꾸고 나서 깨달았다. 나는 지비를 보고 싶으면서 동시에 만나고 싶지 않기도 했다. 두려움이랄까. 사실 지비가 나를 만나고 실망할까 봐 겁이 났다. 가뜩이나 그런 와중에 달그네가 하는 말이 신경 쓰일 수밖에 없었다. 불씨에 기름을 부은 격이었다. 달그네의 말도 겁났다.

아직 새벽 3시였다. 다시 자려고 눈을 감았지만 도통 잠이 오지 않았다. 자꾸 나를 보고 불쾌해하던 지비의 얼굴이 떠올랐다. 몇 차례 눈을 감다가 휴대폰을 들었다. 곧장 플나나 마을로 들어갔다.

또 오셨군요.
플나나 농장에 오신 것을 환영합니다.
꿈 같은 휴식이 되길 바랍니다.

To 나쥬.
자세한 이야기를 못 해서 미안해요.
하지만 난 믿어도 돼요.
난 게임 친구가 아니니까요.
From. 달그네

달그네에게 편지가 와 있었다. 자신은 게임 친구가 아니라는 말이 탁 걸렸다. 그게 무슨 뜻일까. 그저 친하지 않다는 뜻일까. 아니면 설마. 다른 가능성은 소름 돋는 가설이었다. 달그네가 게임 속이 아니라 현실 친구라는 뜻이라면? 하지만 누구지? 난 지금 친구라고 부를 만한 사람이 없다. 베스트 프렌드는 더더욱. 그렇지만 인심 좋게 범위를 넓혀서 반 친구 정도라면 20명의 후보가 생긴다. 정말 내가 아는 애인가?

달그네에 대해 아는 것은 칙칙한 가운을 걸치고 모자를 뒤집어쓴 채 얼굴을 반쯤 가렸다는 사실이다. 성별도 알 수 없었다. 다만 페퍼 씨가 섭외해서 왔으니, 학생이라는 점만은 확실했다.

박온유? 내가 그나마 친구라고 부를 만한 애였다. 온유라면 충분히 달그네처럼 행동할 수 있었다. 일 대 다수로 싸움이 벌어지던 그때 나를 잡고 뛰던 그 애. 나를 구해 내기 위해 기이한 행동을 했던 그날. 지금 달그네가 신경쓰이는 건 그 방법으로 나를 구하는 것일지 모른다는 느낌 때문이다.

하지만 왜? 왜 지비를 못 만나게 하려는 걸까?

의문은 도무지 풀리지 않고 늘어나기만 했다. 하지만 달그네가 정말 내가 아는 사람이라면 그건 온유밖에 없었다. 그러고 보니 온유는 내가 게임을 하는 것을 이미 알고 있다. 아마 내가 게임 이야기 하는 것을 듣자마자, 어플을 깔고 플레이하기 시작했을 것이다. 그리고 나를 쫓아다니다가 페퍼 씨를 같이 만나서 독서 클럽에 가입한 것 아닐까? 그렇게 생각하면 대충 앞뒤가 맞는다.

다음 날, 교문 앞 골목으로 들어가 온유를 기다렸다. 오늘도 내가 여기 있는 걸 볼 게 뻔했다. 나는 휴대폰도 꺼내지 않고, 그냥 초조하게 서 있었다. 조금 뒤 어김없이 온유가 나타났다. 온유는 다른 날과 달리 내 눈치를 쓱 보더니 아무 인사말 없이 골목길로 들어왔다.

"아는 척하면 안 되지?"

온유가 아주 작은 목소리로 속삭였다. 그제야 내가 지율이 눈에 띄면 안 된다고 소리친 게 기억났다.

"인사 정도는 해도 돼."

"어? 그래? 안녕."

온유는 허락해 준 걸 고마워하며 냉큼 인사부터 했다.

"잠깐, 가지 마. 물어볼 게 있어."

"한지율이 왜 그러는지는 나도 몰라."

질문도 하지 않았는데 온유가 지레짐작하여 대답했다. 한심했다. 지율이 자신을 좋아한다는 것을 정말 모르는 건가. 여왕의 선택을 받은 바보는 정말 바보 같았다. 그 점이 여왕을 괴롭히고 있었다. 여왕 체면에 먼저 고백하는 건 그 애의 자존심이 허락하지 않을 것이다.

"한지율 이야기는 아니고……."

게임 이야기야. 달그네가 너지?

이상하게 입이 떨어지지 않았다. 만에 하나의 가정 때문일까. 온유가 아닐 가능성. 하지만 난 온유를 반 친구라고 생각하는 만큼 편하다 못해 어찌 보면 만만하게 여기고 있었다. 그런데 왜 말을 꺼내지 못하는 거지. 그때 골목 밖 큰길로 지율이 지나가는 모습이 보였다. 가뜩이나 잘 나오지 않던 말이 쑥 들어가 버렸다.

"너 전화번호 뭐야?"

문자메시지로 보내는 게 나을 것 같았다.

"전화하게?"

온유는 쓸데없이 시간을 끌었다. 지금이라도 지율이 이상한 낌새를 채고 뒤돌아 골목길로 돌진할까 봐 두근거리는 내 마음도 모르고.

"자, 내 번호. 이따 연락해."

나는 온유 휴대폰을 빼앗듯이 들어 번호를 찍고 도로 돌려주었다. 온유가 히죽 웃었다.

"이제야 주나연 같다. 내가 알던 주나연."

지금의 난 많이 달라? 물어보고 싶었지만, 먼저 골목을 빠져나와 교문으로 뛰었다. 함께 있는 걸 누가 보는 건 결코 좋은 일이 아니었다.

　교실 뒷문으로 들어가려는데, 안에서 나오던 누군가와 부딪힐 뻔했다. 상대가 소리를 꽥 질렀다.

　"고개 좀 들고 다녀! 앞을 안 보면 부딪힌다고!"

　김한성이었다. 그 아이는 내가 너무 답답하다는 표정이었다. 얼굴에 한껏 짜증도 묻어났다. 김한성이 복도를 따라 사라지자, 남자애들이 킥킥거리는 소리가 들려왔다.

　"회장이 주나연 좋아하는 거 맞지?"

　"진짜 티 난다니까."

　전혀 예상 못 한 반응이었다. 김한성이 나를 증오한다는 소문이 나면 모를까 좋아한다니? 뜻밖이었다. 남자애들은 좋아하면 저렇게 하는 건가? 진짜 질린다는 표정으로 나를 보는데 어떻게 저게 좋아하는 거란 말인가. 다들 잘못 안 것이다. 나는 고개를 절레절레 흔들며 내 자리에 앉았다. 그런데 문득 다른 생각이 들었다. 정말 김한성이 나를 좋아하면서도 저렇게 표현하는 거라면? 그렇다면 김한성이 달그네일 수도 있지 않을까?

　"야, 다들 폰 넣어!"

　다시 들어온 김한성이 휴대폰을 거두며 소리를 질렀다. 애들은 투덜대면서도 순순히 휴대폰을 넣었다. 마침내 내 차례가 되자 김한성이 또 윽박질렀다.

"빨리! 넌 왜 그렇게 굼뜨냐?"

"내가 뭘……."

대꾸하면서도 주눅이 들었다. 도대체 왜 그런 이상한 소문이 났는지는 모르지만, 이 아이가 나를 좋아한다는 것은 정말 말도 안 되는 일이었다. 아무리 이상한 사람이라도 이런 식으로 다른 사람에게 호감을 표현할 수는 없었다. 그래도 혹시 모르니까 둘만 있을 때 김한성에게 게임을 아는지 물어볼 생각이었다. 국어 작문 시간에 플나나 농장에 대해 발표해서 나랑 같은 반이라면 충분히 알 수 있었다. 그래서 후보에서 배제할 수는 없었다.

이번 금요일 독서 클럽에 달그네는 안 나올 가능성이 컸다. 거기에 무엇보다 지비가 답장을 기다리고 있다는 것이 나를 조바심 나게 했다. 내가 만나자고 하는 말을 기다릴 텐데. 답을 내리는 게 늦어지는 이유에 악몽도 한몫했다. 정말 뒤숭숭한 꿈이었다.

김한성이 급식실에서 혼자 나갔다. 나도 밥을 먹다 말고 뒤쫓았다. 김한성이 점심을 빨리 먹고 교실로 가는 건 매일 반복되는 흔한 일이었다. 빈 교실에서 학원 숙제를 하려고 한다는 것도 모르는 사람이 없었다.

"저기······."

자기 책상 앞에 앉아 문제집을 펼친 김한성에게 다가가 말을 붙였다. 그러나 김한성은 미처 나를 알아차리지 못하고 문제를 풀기 시작했다. 가까이 다가가자 귀에 무선 이어폰이 꽂혀 있는 게 보였다. 시간을 지체하면 다른 아이들이 교실로 돌아올 텐데. 공부를 방해하면 난리가 나겠지만, 어쩔 수 없었다. 그나마 어깨를 두드리는 것보다는 나을 것 같아서 떨리는 마음으로 김한성 앞쪽으로 조용히 다가갔다.

"악!"

갑자기 김한성이 비명을 지르며 소스라치게 놀랐다. 그러다 나를 알아보고 멋쩍은 얼굴로 이어폰을 귀에서 뺐다.

"뭐야. 귀신인 줄 알았네."

"아, 미안."

잘난 척하던 김한성이 비명을 내지르는 모습이 웃겼지만, 꾹 참았다. 지금은 진지하게 물어봐야 할 이야기가 있었다. 다른 애들이 오는지 안 오는지 수시로 복도를 힐끗거리기도 바빴다. 나를 본 김한성은 엄청나게 당황했다.

"너, 왜 무슨 말을 하려고?"

"어?"

"너 그 말 하지 마. 하지 말라고."

김한성이 다급하게 내 말을 가로막았다. 복도에 우리 반 애가 있는 것이 보였다. 그걸 본 김한성은 나를 밀치려다가 포기하고 자기가 먼저 벌떡 일어나 뒷문으로 나가 버렸다. 순식간에 눈앞에서 김한성을 놓쳐 버린 것이다.

말하지 말라고?

진짜 수상쩍었다. 내가 무슨 말을 할 줄 알고 그러는 건지 뒤쫓아 가서 따져 묻고 싶은 정도였다. 그리고 김한성은 둘이 대화를 못 나눌 정도로 수줍은 캐릭터도 아니었다. 늘 당당하고, 똑똑하다 못해 잘난 척을 해서 얄미울 정도다. 회장이 된 다음부터는 대놓고 아이들에게 지시를 내리며 마음대로 조종해서 반응이 안 좋기도 했다. 모둠 과제를 하면 자기 점수 깎일까 봐 나를 구박하고 메시지를 수시로 보내서 감시했는데. 다른 애들에게도 비슷한 행동을 한다고 들었다.

근데 이제는 내가 하려는 말까지 막았다. 분했다. 아무리 얌전하고 조용한 성격으로 변했다고는 하지만 내가 바보는 아니었다. 더는 당하고 싶지 않았다.

나는 각오를 단단히 하고 김한성이 사라진 쪽으로 걸어갔다.
김한성은 복도 끝에 있는 화장실에서 나오다가 나를 보고 깜짝
놀랐다.

"왜 따라온 건데?"

"할 말이 있다니까."

김한성은 주위에 아이들이 없는지 두리번대더니 5층 계단 쪽
으로 나를 데려갔다.

"네가 나한테 할 말이 왜 있는데?"

"있으면 안 돼?"

"어휴."

김한성은 자기 머리를 마구 헝클어뜨리며 한숨을 쉬었다. 이
유는 모르지만 자책하는 걸로 보였다.

"저기, 내가 할 말은……."

"내가 먼저 말할게. 네가 나 좋아하는 건 이해해. 하지만 받아
줄 수는 없어."

"뭐?"

김한성이 던진 뜻밖의 말에 얼어붙어 버렸다. 말 그대로 충격
과 공포였다. 지금 무슨 말을 하는 거야?

김한성은 내가 뭐라고 할 새도 없이 이어 말했다.

"난 너 안 좋아해. 그냥 네가 답답해서 오지랖 좀 부린 거라고. 널 볼 때마다 아파서 누워 있는 우리 엄마가 생각나서……."

뜻밖의 말이 더 이어졌다. 엄마? 왜 갑자기 여기서 김한성의 엄마가 등장하는 거지?

"엄마?"

"내가 네 생각해서 특별히 말해 주는 건데, 우리 엄마가 좀 아파. 그래서 입원해서 누워 있는 날이 많아. 진짜 미치겠는 게 뭔 줄 알아? 맨날 자기가 곧 죽는다는 소리만 한다는 거야. 답답해. 빨리 죽고 싶은가 봐. 원래 행동도 느리고 말수도 없는데 아프고 나서 더 그렇게 되어 버렸어. 나랑 있어도 별말 없이 우울한 얼굴로 바라보기만 해. 너가 꼭 우리 엄마 같아. 너 보자마자 엄마 생각나서 진짜 화가 났어."

누군가 물어 주길 기다렸던 것처럼 울먹이며 쏟아 내는 김한성을 보고 있노라니 내가 고백하려던 게 아니었다는 말을 차마 할 수 없었다. 김한성은 지금 내 진심을 거절하는 게 미안해서 솔직하게 말하고 있었다.

"너희 엄마가…… 진짜 죽고 싶어서, 죽는다는 소리를 하는 건 아닐 거야."

"그걸 어떻게 알아?"

"내가 네 엄마랑 비슷하다며? 그러면 너보단 내가 더 잘 알수도 있지. 더 답답한 건 당사자인 네 엄마일걸. 아들을 남겨 두고 일찍 떠날지도 몰라서 불안하신 거라고. 그래서 네가 충격받을까 봐 미리 단련시키고 싶은 걸 거야. 나라면 그랬을 거야. 나없는 삶을 연습시키기 위해서 말을 많이 안 걸고 곁에서 조용히바라만 보는 거지. 하루하루 사랑하는 아들을 눈에 새기면서. 속으로 얼마나 걱정이 많이 되고 마음이 아프실까. 너 엄마한테도 답답하다고 소리 지르지? 안 봐도 뻔해."

나도 모르게 주저리주저리 떠들고 말았다. 그런데 내 말을 듣는 김한성 얼굴이 이상했다. 놀란 것 같기도 하고 조금 감동한것 같기도 하다. 갖가지 감정이 뒤섞여 있는 것처럼 보였다.

"너 이렇게 말 잘하는 애였냐. 너 쫓아다니는 사람 있던데 그사람하고나 잘해 봐."

김한성은 빠르게 말하더니 휙 뒤돌아서 교실로 가 버렸다. 괜한 짓을 한 것 같았지만 이렇게 된 게 낫다는 생각이 들었다. 그런데 날 쫓아다니는 사람이 있다는 말은 또 뭔지……. 뭘 또잘못 보고 이러는지는 모르지만, 어쨌든 김한성이 달그네가 아니라는 사실은 분명했다.

금요일

지비에게 답장을 하지 못한 채 시간이 흘러갔다. 그동안 나는 온유를 관찰했다. 온유에게 메시지를 보내기도 했다. 만약 온유가 달그네가 아니라면 괜히 게임 이름을 말해서 그 아이를 끌어들이고 싶지 않았다.

나연 : 내가 하는 게임 너도 할래?

게임 이름을 말하지 않으면서 자연스럽게 물었다. 그리고 답이 왔고, 나는 온유가 아니라는 것을 단번에 깨달았다.

온유 : 응. 그래. 게임 이름이 뭐였지?

온유가 달그네가 아닌 척 위장하려고 했다면 게임 이름을 묻는 게 아니라 할 생각이 없다는 말이 먼저 나왔을 것이다. 정말 온유는 내가 좋아하는 게임이 있다는 것만 알고 이름까지는 모르는 것 같았다. 나는 온유를 용의선상에서 지웠다.

김한성은 그 일 이후 나를 데면데면하게 대했다. 원래 친한 사이는 아니니까 지금이 정상적인 관계라고 하는 편이 맞을까. 그러나 분명 달라졌다. 교실 안에서 마주쳐도 구박을 안 했다. 그렇다고 해서 친근하게 대하는 것도 아니었다. 다행히 곧 시험 기간이라 당분간 모둠 과제나 수업은 없었고, 앉는 자리도 김한성과 멀리 떨어져 있었다.

그렇게 달그네의 정체는 알아내지 못한 채 금요일이 되고 말았다. 오늘은 페퍼 씨네 집에서 모임이 있었다. 페퍼 씨 집은 마치 학교처럼 꾸며졌다. 전에 언뜻 학교를 만드는 게 꿈이라고 하더니 플라나 마을에서 먼저 그걸 이루려는 것 같았다.

모임은 이번에도 저녁 9시였다. 나는 엄마에게 들켜 중요한 순간 접속을 못 하는 걸 막기 위해 휴대폰은 쳐다보지도 않았다. 할머니 생신 이후 게임을 하지 않는 척하고도 있었다. 게임을 접속하더라도 시간을 최소한으로 하고 철저히 집 밖이나 일과를 마칠 때만 들어갔다. 혹시나 밤에도 엄마가 방에 들어와

볼까 봐 침대에 누워서 이불을 뒤집어쓰고 했다.

마침내 9시가 되었다. 나는 인강을 크게 틀어놓고 플나나 마을에 들어갔다. 독서 클럽 초대장을 클릭해서 페퍼 씨 집으로 이동했다.

"나쥬!"

저쪽에 지비가 서 있는 게 보였다. 나를 기다리고 있었던 것 같았다.

"왜 답장이 없어? 걱정했잖아."

"일이 있었어. 모임 끝나고 말해 줄게."

아직도 내 마음은 갈팡질팡하고 있었다. 달그네가 내 주변 인물인 것처럼 말한 것이 거짓말일 수도 있다. 하지만 지비랑 내가 만나는 게 싫다는 이유는 조금 이상했다. 달그네와 내가 정말 아무 관계도 아니라면 말이다.

"오랜만이구나, 나쥬. 모임이 아니면 전혀 볼 수 없던데."

"좀 바빴어요."

예전에는 페퍼 씨와 시간을 맞추어 읍내에 나간 적도 있고, 봉봉 여사의 집에 함께 방문한 적도 있었다. 하지만 달그네의 정체를 쫓느라 게임에 소홀하다 보니 페퍼 씨까지 챙길 여유가 없었다. 현실에서도 많은 일이 일어나 버렸다.

금요일

모임 회원들이 하나둘씩 들어오고 마침내 달그네가 모습을 드러냈다. 이번 모임에도 불참하지는 않을까 신경 쓰였지만, 다행히 달그네는 참석했다. 하지만 토론 시작에 맞춰서 오는 바람에 사적인 질문을 할 기회는 좀처럼 생기지 않았다.

"잠깐 쉬는 시간 좀 가질까요?"

페퍼 씨가 말하자 나는 반사적으로 달그네 쪽을 바라봤다. 나를 의식한 것인지 그새 자리가 비어 있었다.

'어디 갔지?'

주위를 둘러보며 달그네를 찾자 지비가 나에게 다가왔다.

"왜 그래? 누굴 그렇게 찾아?"

"아, 아니야."

내 대답에 지비는 씽긋 웃었다. 아름다운 머리카락을 손으로 넘기면서.

"잠깐 이야기 좀 하자."

"그래."

지비는 사람들이 없는 테라스로 나를 데려갔다.

"우리 만나는 거 싫어?"

"당연히 좋지."

솔직히 말할 수가 없었다. 달그네가 이상한 말을 해서 망설이고 있다고.

"너 사는 동네가 어디라고 했지?"

"우리가 멀리 살면 어쩌지?"

"괜찮아. 멀어도 너한테 찾아갈게."

지비가 다정하게 말했다. 더는 시간을 끌 수가 없었다. 차라리 지비를 만나서 오해할 것도 없이 털어버리는 게 좋을 것 같기도 했다. 그때였다. 테라스로 달그네가 불쑥 들어온 것은.

"여기서 뭐 해?"

언제부터 나한테 반말했지? 내가 당황할 겨를도 없이 달그네가 천연덕스럽게 말을 이었다.

"페퍼 씨가 찾고 있어. 가자."

달그네가 자연스럽게 내 팔을 잡아끌었다. 원래 친한 사이인 것처럼. 전에 교문 앞에서 온유가 지각하겠다며 내 책가방을 밀면서 뛰던 일이 떠올랐다. 그때 느낌이 되살아났다. 역시 달그네는 온유 같았다.

"알았어."

온유라고 생각하자 망설임 없이 따라갈 수 있었다. 남겨진 지비가 당황했는지 소리쳤다.

"말도 안 돼. 둘이 언제부터 친했어?"

금요일

나를 거실로 데려다 놓은 달그네가 지비를 돌아봤다.

"우린 원래 친구야. 그러니까 내 친구 귀찮게 하지 마!"

"거짓말. 둘이 대화 나누는 거 한 번도 못 봤어!"

지비의 날이 선 목소리가 들렸다. 나는 거실에 있어서 얼굴이 보이지 않았지만, 화가 난 것 같았다.

"믿지 말든가."

달그네는 그렇게만 말했다. 달그네가 온유라고 생각하자 거리감이 싹 사라졌다. 그러나 긴장이 풀려서일까. 너무 어지럽고 졸렸다.

"나 그만 나가야겠어. 페퍼 씨에게 먼저 갔다고 전해 줘."

내가 말하자 달그네가 고개를 끄덕였다.

"그래, 가서 좀 쉬어."

"안녕. 내일 보자."

나는 플나나 농장의 휴식을 종료했다.

인강은 벌써 끝나 있었다. 나는 멍하니 깜깜한 휴대폰 화면을 바라봤다. 아직도 어지러웠다. 지비의 날 선 목소리가 자꾸 머릿속을 맴돌았다.

'정말 달그네 말대로 지비가 조심해야 할 사람인 걸까?'

나연 : 왜 지비를 조심해야 해?

온유에게 메시지를 보냈다. 반드시 물어보고 자야 할 것 같아서였다. 그러나 돌아온 답을 읽고 나는 잠을 이룰 수 없었다.

온유 : 지비가 누군데?

이제 와서까지 거짓말을 할 이유는 없었다. 온유는 달그네가 아니었다.

운명

To. 달그네

너 누구야? 왜 친구인 척했어?

From. 나쥬

날 속였다는 사실에 화가 났다. 사기꾼. 나를 속이는 위험한 인물은 지비가 아니라 달그네였다. 완전히 놀아났다는 사실에 너무 어이가 없었다. 달그네 탓에 지비와 멀어졌다. 우리가 가까워지는 게 질투 났던 것일까.

편지를 쓰기 위해 풀나나 농장에 들어갔는데 갑자기 초대장이 날아왔다.

지비 님이 나쥬 님을 초대합니다.

내가 접속한 걸 지비가 본 모양이었다. 좀 껄끄러웠지만 아까 일을 해명해야 하기에 초대에 응할 수밖에 없었다.

지비가 응접실에서 기다리고 있었다. 화려한 장식이 달린 가구들, 바닥에 깔린 값비싼 대리석, 크리스탈 샹들리에가 있는 집. 지비는 편안한 옷에 가운을 걸치고 소파에 앉았다.

"아까 일은 어떻게 된 거야? 달그네가 정말 친구 맞아?"

몰아붙이듯 물어보는 지비에게서 질투심이 느껴졌다. 그런데 싫기는커녕 오히려 좋았다. 나를 걱정한다고 생각하니 마치 내가 귀한 사람이 된 것 같았다.

"달그네가 현실 친구인 척한 거야. 날 속인 거 같아. 미안해."

지비에게 사과했다. 내 말에 지비는 다시 환하게 웃었다.

"정말? 다행이다."

"왜? 달그네가 남자친구라도 되는 줄 알았어?"

분위기가 무거워질까 봐 일부러 농담한 건데, 지비는 심각한 표정을 지었다.

"설마 아니지?"

"아니야."

깔깔. 절로 웃음이 나왔다. 아주 재미있는 일이 일어난 것만 같았다. 지비가 느닷없이 내 손을 잡았다. 악.

"내가 맛있는 거 사 줄게. 뭐 좋아해?"

심장이 두근두근 뛰었다. 손을 잡았고, 데이트 신청도 한 것이다. 처음이어서 그런지 너무 떨렸다.

"난 떡볶이든 햄버거든 다 좋아."

내가 겨우 대답하자 지비가 작은 상자를 내밀었다. 상자를 열어 보니 다이아몬드 반지가 들어 있었다. 진짜 다이아몬드는 아니었지만, 플나나 마을에서도 보석 몇 개를 주고 사야 하는 값비싼 물품이었다.

"우리 사귀자. 만나서 말하고 싶었는데, 먼저 말할게."

이런 일이 나에게 일어나다니. 누군가와 사귄다고 상상했을 때는 오글거리고 민망했는데, 플나나 마을의 마법 때문일까. 마냥 행복하기만 했다. 지비가 자꾸 만나자고 했던 것은 나에게 사귀자고 말하기 위해서였다.

나는 지비 얼굴을 오랫동안 바라봤다. 꿈 같은 시간. 정말 꿈은 아니겠지. 하마터면 달그네에게 속아 지비를 잃을 뻔했다고 생각하니 아찔했다.

나와 지비는 플나나 공식 커플이 되었다. 독서 클럽 사람들이 진심으로 축하해 주었다. 우리는 게임 접속 시간을 딱히 맞추지 않았는데도 늘 우연히 만났다. 내가 들어오면 이어서 지비가 들어오는 식이었다.

"정말 운명인 거야."

지비가 말하자 정말 그런 것만 같았다. 신기했다.

"둘이 잘 어울리는군."

페퍼 씨는 다음 독서 모임 때 우리에게 커플링 아이템을 선물해 주었다. 회원들은 모두 손뼉을 쳐 주었지만, 달그네는 가만히 보고만 있었다. 나에게 친구라고 사기 친 것을 들키면 다시는 모임에 안 나올 줄 알았는데. 달그네는 나보다 먼저 모임에 와 있었다. 내 곁에 딱 붙어 있는 지비를 보고 당황한 것 같았지만, 아무 말도 하지 않았다. 사실 따지고 싶은 사람은 나였다. 온유에게 직접 물어보지 않았더라면 깜빡 속을 뻔했다.

달그네 님이 비밀 대화를 요청했습니다.

모임 중 달그네가 나에게 비밀 대화를 걸었다. 사실 예전부터 따져 묻고 싶었던 것은 나였지만, 이제 대화할 가치도 없어 보였다. 뻔뻔하게 모임에 나온 달그네에게 화가 났다. 그래서 거

운명

부 버튼을 눌렀다.

달그네 님이 비밀 대화를 요청하였습니다.

다시 대화 요청이 들어왔다. 다들 『비밀의 화원』 책 이야기에 한창이었다. 내가 좋아하는 책이었지만, 도저히 집중 할 수 없을 정도로 달그네가 신경이 쓰였다. 그래서 무슨 변명을 하는지 나 들어 보자는 마음으로 수락했다.

달그네 님과의 비밀 대화를 수락하였습니다.

달그네 : 진짜 고마워. 오해를 풀고 싶어.

나쥬 : 무슨 오해? 그냥 너의 일방적인 거짓말이었지.

달그네 : 거짓말까진 아니었어.

나쥬 : 나를 실제로 아는 척했잖아. 말은 안 했어도 그렇게 믿게 했어.

달그네 : 그랬지. 그런데 다 거짓말은 아니야.

나쥬 : 그게 무슨 소리야?

"나쥬, 왜 그래?"

지비가 나를 불렀다. 여러 번 불렀는지 사람들 시선이 모두 나에게 쏠렸다.

"아, 그냥."

"뭐야, 딴짓하다가 걸린 사람처럼."

지비가 웃으며 말하자 다른 사람들도 웃었다. 내가 비밀 대화를 하는 줄은 아무도 모를 테니까. 나와 달그네만 웃지 않았다. 아직 이야기를 끝내지도 못했는데, 더는 비밀 대화를 하는 게 불가능해 보였다. 달그네도 그렇게 느꼈는지 대화 대신 이번 주 책에 관한 이야기를 하기 시작했다.

"콜린은 자신을 사랑하지 않아서 방 안에 갇혀 지냈지만, 결국 메리의 손을 잡고 비밀의 화원으로 나가요. 그리고 치유되죠. 다들 비밀의 화원이 메리를 먼저 치유하고 콜린을 건강하게 만든다고 하더라고요. 하지만 제 생각은 달라요. 콜린을 도운 건 메리예요. 비밀의 화원이라는 공간이 배경이 되긴 했지만, 메리가 없었다면 콜린은 일어설 수 없지 않았을까요? 인간을 치유할 수 있는 것은 인간이라고 생각해요."

달그네는 평소와 달리 말을 길게 했다. 지비가 손을 들었다.

"저는 비밀의 화원이 부린 마법이라고 생각하는데요? 마치 플나나 마을처럼 말이에요. 인간을 치유하는 게 인간이라면 메

운명

리를 치유한 건 누군가요?"

"메리를 구한 건 메리 자신이죠. 스스로 의지가 없었다면 화원을 가꾸지 못했을 거예요. 인간이 없으면 화원도 없잖아요. 방치된 화원을 구하고 멋진 공간으로 만든 것도 메리예요."

지비는 먼젓번 일 때문인지 달그네를 달갑지 않게 바라봤다. 달그네는 지지 않고 생각을 논리적으로 말했다. 나는 비밀의 화원이 플나나 마을이라 생각하니 지비의 말에 더 공감되었다. 현실에서는 나에게 손을 내밀어 준 사람은 없었기 때문이다. 나에게 도움이 된 건 플나나 마을뿐이었다.

"뭐, 달그네 님의 생각이니 일단 알겠습니다. 사람마다 의견은 다르니까요."

말은 그렇게 했지만, 자비는 어이없다는 듯한 포즈를 취했다. 분위기가 험악해지자 페퍼 씨가 나섰다.

"자자, 오늘 토론은 열기가 뜨겁군. 머리도 식힐 겸 잠시 쉬어 가도록 하지."

쉬는 시간이 생겼다. 나는 달그네와 이야기를 마무리할 생각으로 바라봤다. 달그네도 나를 보고 있었다. 그러나 지비가 그 사이로 끼어들었다.

"나쥬, 우리 만나서 뭐 하고 놀지, 어디 갈지 상의하자."

"어? 어."

나는 지비를 따라갈 수밖에 없었다. 달그네는 잠시 우리를 바라보더니 게임에서 나가야겠다며 모두에게 인사했다. 나는 뒤숭숭했다. 자꾸 달그네와 대화를 나눠야 할 것 같은 기분이 들었다. 논리적으로는 달그네가 나를 속였다고 생각했지만, 마음 한편으로는 믿고 싶은 모양이다.

매일 가던 학교지만, 언제부터인가 달라져 있었다. 지난 일주일간 하늘이 진짜 예뻤고, 등굣길 공기도 상쾌했다. 마주치는 애들은 친절했고, 모두 웃고 있었다.

사실은 달라진 건 나다. 남자친구가 생긴 것이다. 어제도 우리는 긴 대화를 주고받았다. 지비는 실제로 만나면 얼마나 멋진 남자친구가 되어 줄지 설명했다. 나를 아껴 주고 좋아해 주는 사람이 있다는 건 멋진 일이었다. 인정받는 기분이었다. 표정이 밝으니까, 학교에서도 애들이 먼저 나에게 말을 걸기 시작했다.

"주나연, 요즘 달라 보여."

"너 좀 변한 거 같아. 머리 잘랐나?"

전에는 이렇게 다가오는 애들이 부담스러워서 단답형으로 대답했다. 하지만 이제 귀찮지 않았다. 오히려 내가 왜 기분이 좋

운명

은지 자랑하고 싶어서 입이 근질거렸다. 아직 남자친구가 생겼다고 떠벌릴 자신은 없어서 그냥 날씨가 좋아서라는 식으로 둘러댔다.

"주나연, 거 봐. 웃으니까 좋네. 그런데 요즘 기쁜 일 있어?"

지율이마저 변한 내 모습을 칭찬했다. 그런데 뭔가 묘하게 기분 나쁜 구석이 있었다. 다 알고 있다는 듯한 표정이랄까. 오늘 유독 지율이의 기분이 좋아 보였다. 내가 밝다는 이유만으로 기분 좋다는 것은 누가 봐도 수상한 일이었다. 하지만 여왕에게 감히 왜 기분이 좋냐고 따져 물을 자신은 없었다.

쉬는 시간에 복도에서 온유를 마주쳤을 때 슬쩍 물었다.

"네 여자 친구 기분이 좋더라. 왜 그런 거야?"

"여자 친구? 아, 지율이…… 몰라. 주말에 무슨 커플 사진을 찍었다고 좋아하던데."

"커플 사진?"

"응. 근데 뭔지 물어봐도 안 알려주더라?"

온유가 여자 친구라고 말한 걸 금세 알아들은 것보다 사진이 더 마음에 걸렸다. 조금 전의 태도로 봐서는 나를 협박할 사진을 찍었다고 해도 믿겠다. 하지만 아무리 생각해 봐도 주말에 내가 곤란한 일이나 사진 찍힐 만한 건 떠오르지 않았다. 그날은 엄마 눈을 피해서 혼자 만화 카페에서 종일 게임만 했다.

"야, 잠깐만."

종일 찜찜한 마음에 신경 쓰고 있는데 김한성이 점심시간에 나를 복도 끝으로 불러냈다.

"내가 생각해 봤는데……."

김한성이 뜸을 들이자, 덜컥 겁이 났다. 나도 모르게 손부터 내젓고 있었다.

"아냐. 말하지 마."

말하고 나서야 아차 싶었다. 저번에 김한성이 왜 그렇게 말했는지 이해가 되었다. 역지사지. 내가 보기에는 지금 김한성이 고백하려고 하는 것 같았고, 이런 건 안 듣는 게 나았다.

"아냐. 들어 봐."

김한성은 자기중심적이라 내 기분 따윈 중요하지 않은 듯 보였다.

"내가 특별히 네 마음을 받기로 했어."

기어코 말했다. 타임머신이 있다면 고백을 듣기 전 순간으로 돌아가고 싶었다. 이럴 때 거절할 방법은 하나였다.

"미안해. 나 남자 친구 생겼어."

운명

어쩔 수 없이 말했다. 김한성 눈이 동그래지는 것은 차마 보고 있기 힘들었다.

"그새? 그 남자랑 사귀는 거야?"

"뭐? 누구?"

예전에 김한성이 나를 쫓아다니는 남자가 있다고 한 게 기억 났다. 그때는 뭔가 잘못 알고 있겠거니 하며 넘겼는데, 다시 들으니 정말 이상한 말이라는 생각이 들었다.

"학교 끝나면 너 쫓아가는 사람 말이야. 중학생처럼은 안 보이던데."

"누가 날 따라왔다고?"

김한성은 내 반응을 보고 뭔가 잘못되었다는 것을 깨달은 것 같았다.

"이상하다. 세 번이나 봤는데……."

누굴지 짐작도 안 되었다. 그나마 대화하며 지내는 남자애는 온유뿐이었다. 김한성이 같은 반인 온유를 몰라봤을 리 없었다. 중학생 같지 않다면 교복도 안 입고 있었다는 건데. 내 주위에 그럴 만한 사람은 아무도 없었다.

"어떻게 생겼는데?"

"키는 나보다 작고 못생겼어. 아니 못생긴 것까진 아니고 평범해. 역시 나보다는 별로지만. 옷은 그냥 티셔츠에 청바지."

"그게 누구야?"

"모르지, 난."

"말해 줘서 고마워. 어쨌든 난 남자 친구 생겼어. 네가 본 그 사람은 아니지만."

김한성이 뭐라고 더 떠들기 전에 뒤돌아 자리를 떠났다. 웃으며 등교했지만, 그 기분이 하교 때까지 이어지진 않았다. 무척이나 불길한 느낌만 감돌았다.

집으로 가는 하굣길이 이렇게 불편한 적은 처음이었다. 나는 누가 따라오는 것은 아닌지 신경 쓰느라 제대로 걷기도 힘들었다. 조용하고 인적이 드문 골목길에서는 내 발소리를 걷어 내고 다른 발소리는 없는지 귀를 쫑긋 세웠다. 똑똑한 김한성이 착각했다고 넘기기에는 그 횟수가 세 번이나 된다는 점이 마음에 걸렸다. 나를 스토킹할 만한 사람은 딱 한 사람뿐이었다. 유일하게 수상하게 구는 사람. 다름 아닌 달그네다.

플나나 마을에서 달그네는 현실 친구인 척하면서 내 주위를 맴돌았다. 그런데 실제로 지금 내 주위에 있다고 생각하니 소름이 돋았다. 지비와 사귄다는 이유로 나를 해코지하려는 게 분명

운명

했다.

집에 거의 다다랐을 때였다. 인적이 드문 길에서 누군가 따라오고 있다는 느낌이 들었다. 내 발소리에 이어 다른 소리가 같은 박자로 조금 느리게 겹쳤다.

'설마……..'

속도를 늦췄는데도 나를 앞서가는 사람이 없었다. 차마 돌아볼 용기가 나지 않았다. 심장이 두근두근 뛰는 소리가 온몸을 타고 퍼져 나가서 온 세상이 흔들렸다.

스토커

누가? 왜? 내 뒤를 쫓아온 거지? 김한성이 목격한 것은 세 번이었지만 어쩌면 그게 전부가 아닐 수도 있었다. 나는 눈을 질끈 감고 걸음을 멈췄다.

타닥.

뒤따라오던 발소리도 멈췄다.

"누구야?"

뒤돌았다. 김한성보다 키가 작고 못생겼다는 정보밖에 없었지만 어쨌든 그렇게 생긴 남자를 떠올리면서. 그런데 뜻밖에도 나보다 키가 조금 작은 평범한 우리 반 여자아이가 있었다.

"너는……."

"안녕?"

도희가 어색하게 손을 흔들었다. 아까 학교에서도 인사했던 것 같은데.

"너희 집도 이쪽이었어?"

"응? 아, 아니."

도희는 잠깐 망설이더니 아니라고 했다. 뭔가 숨기고 있는 게 분명했다.

"그런데…… 왜?"

"나연아, 저기…… 네가 이 말을 들으면 뭐라고 생각할지는 모르겠는데…….""

도희가 평소와 달리 뜸을 들였다. 아니다. 난 도희가 평소에 어떤지 잘 몰랐다. 한 번 같은 모둠이 되어서 몇 번 대화를 나누고, 복도에서 마주치면 인사하고 그 정도가 전부인 사이였다. 도희는 주위를 두리번거리더니 말했다.

"여기서는 좀 그래. 빨리 조용한 데로 들어가자. 비밀 이야기가 있어."

"우리 집?"

가장 가까운 곳으로 우리 집이 떠올랐다. 그러나 집에는 엄마가 있었다. 비밀리에 이야기할 수 있는 곳이 아니었다.

"코인 노래방 갈래?"

갑자기 코인 노래방이 떠올랐다. 드라마인지 영화에서 도청을 피하려고, 노래방에서 접선하는 스파이를 본 것 같았다. 그리고 도희는 모르겠지만, 김한성이 봤다는 이상한 남자가 자꾸 떠올라 안전한 장소로 가고 싶기도 했다.

"좋아."

우리는 아파트 길 건너에 있는 노래방으로 들어갔다. 노래 없이 흘러나오는 반주만이 방 안을 채웠다. 들어올 때까지도 도희는 고개를 두리번거리며 누군가를 경계하고 있었다.

"밖에서는 안 들리겠지?"

평일 낮이라 그런지 손님은 없었다.

"도희야, 너도 혹시 나 따라다니는 사람 본 거야?"

나는 도희가 스토커 달그네에 대해 이야기할 거라고 예상했다. 그런데 도희는 한숨을 길게 쉬었다. 내가 들어 본 사람의 한숨 중 가장 길었다.

"난 늘 외로웠어. 소심해서 친구를 사귀기 힘들어서 계속 혼자였거든."

뜻밖에도 도희는 자신에 대해 말했다.

"응?"

"어떻게 이야기를 시작해야 할지 몰라서…… 그런데 나한테 손을 내밀어 준 친구가 있었어. 아주 쾌활한 친구였는데 혼자 있는 나를 무리에 끼워 주었거든. 내가 괜찮다고 해도 같이 놀자고 늘 말해 줬어."

도희가 고백하는 와중에도 반주가 잔잔하게 흘러나왔다. 나는 도희에 대해 아는 게 하나도 없다는 것을 깨달았다. 소심해서 말도 안 하고 혼자만 있는 도희는 상상이 안 되었다. 지금은 너무나 평범해서 부러운 그런 애였다.

"정말 좋은 친구네."

"그렇지? 그런데 나도 그런 친구가 되고 싶었어. 사실은 처음 같은 반 된 날부터 네가 좋아서 너랑 친해지고 싶었어."

"그게 무슨 말이야?"

"달그네는 스토커가 아니야."

"뭐?"

도희 입에서 달그네라는 단어가 나와서 깜짝 놀랐다.

"미안해. 처음부터 나라는 걸 밝혔으면 이렇게까지 안 되었을 것을. 하지만 지비가 정확히 뭘 꾸미는 건지 나도 몰랐어."

이번에는 지비 이름이 도희 입에서 나왔다. 나만 알던 플나나 농장의 생활을 어떻게 도희가 아는지 연결이 안 돼서 혼란스러웠다. 그건 게임이고 지금은 현실이었다. 그런데 어떻게 그게 연결될 수 있는 걸까.

"나연아, 나쥬. 내가 달그네야."

입에서 소리 없는 비명이 나왔다. 나는 입을 틀어막았다. 도희가 달그네라면 현실 친구인 척했던 것도 어느 정도 이해가 되었다. 어쨌든 현실의 나를 알고 있던 거니까.

"네가 달그네라니 상상도 못 했어. 그런데 지비가 뭘 꾸민다는 거야?"

"그 사람 좀 이상했어. 처음에 우연히 페퍼 씨랑 대화 나누는 걸 들었거든. 그런데 둘이 친구 같더라고."

"친구?"

"응. 페퍼 씨는 이십 대 후반이라고 전에 밝혔잖아. 그렇다면 지비도 그 나이대라는 건데, 일부러 중학생인 척한 거 같단 생각이 들었어. 게임에서는 캐릭터만 보여서 성별도 알 수 없잖아. 근데 페퍼 씨는 운영자라 가입 신청서를 받아서 우리가 여자인지 남자인지, 몇 살인지도 알 거 아니야. 페퍼 씨가 지비에게 너랑 내가 여자 중학생이라고 가르쳐 주는 것 같았어. 처음에는 잘못 들은 건가 했지. 목소리가 작아서 잘 안 들리기도 했고."

페퍼 씨와 지비가 소곤대는 상상을 하자 기분이 이상해졌다.

"그러고 나서 지비한테 바로 편지가 온 거야. 나에 대해 알고 싶다나? 내 캐릭터만 보고 여자라는 생각을 못 했을 텐데. 역시 페퍼 씨가 여자라고 가르쳐 준 게 맞았던 거야."

"그래서?"

"너한테 접근하는 걸 보고 가만히 있을 수가 없었어. 그런데 확실하게 뭘 하려고 그러는지는 모르니까 경고만 해 줄 수밖에 없었던 거야. 그런데 며칠 전부터 널 따라다니는 남자가 있어. 내 생각에는 그 사람이 지비인 것 같아. 오늘도 널 쫓아가고 있었어. 내가 너한테 말을 거니까 멀리 멈춰 서서 보고 있더라. 그래서 조용한 데로 들어가자고 한 거야."

"그런 일이…… 말도 안 돼."

"지비한테 사는 동네 가르쳐 줬어?"

지난번에 언뜻 가르쳐 준 게 생각났다. 지비는 수제 버거집 이름도 뭔지 물어봤었다. 가게 이름이 특이해서 검색만 하면 위치를 알아내기는 쉬웠을 것이다. 바로 길 건너에 있는 우리 학교 이름도.

"동네를 알려준 건 아닌데…… 우리 학교를 알 거야."

"거 봐."

그러면 김한성이 학교 앞에서 봤다는 남자도 지비라는 소리였다. 나를 좋아하고, 이해한다던 지비가 모든 걸 속였다. 너무 어이가 없어서 무서운 생각도 안 들었다. 실감이 안 났다.

나는 얼떨떨한 얼굴로 도희에게 이끌려 건물 밖으로 나왔다. 도희가 집에 데려다준다고 했다. 아직 도희가 달그네라는 사실도, 지비가 스토커라는 것도 믿기지 않았다.

"그런데 넌 어떻게 플나나 농장을 알게 된 거야?"

"네가 국어 작문 시간에 좋아하는 게임이라고 소개했잖아. 친해지고 싶어서 따라서 들어간 거야. 미안해. 진짜."

도희 말을 듣고 있는데 갑자기 누군가의 시선이 느껴졌다. 그쪽을 돌아보니 누가 후다닥 건물 뒤로 몸을 숨기는 것이 보였다. 순간 온몸에 소름이 돋았다.

"신고하자."

도희가 휴대폰을 꺼내 들었다. 나는 까치발을 들고 봤지만, 그 사람은 숨어 버려서 보이지 않았다.

"도망간 거 아냐? 따라온 게 아니라고 발뺌하면 그만이잖아."

그때 건물 뒤쪽이 소란스러웠다. 남자가 숨은 쪽이었다.

"진짜 아니에요? 주나연 몰라요?"

내 이름이 나와서 놀라 달려가 보니 소리치고 있는 것은 뜻밖에도 김한성이었다.

"아니라고! 어린 게 짜증 나게."

남자는 엄청나게 화를 냈지만, 직설적이고 무서울 게 없는 김한성을 떼어 낼 순 없었다.

"내가 네 번이나 아저씨 봤는데? 그래도 주나연 남자 친구 아니라고? 아니면 뭔데? 우연이 네 번이나 겹칠 확률은 소수점 몇 퍼센트밖에 안 돼. 당신 스토커지?"

하. 역시 김한성은 은근히 이상한 구석이 있었다. 게다가 사람을 묘하게 기분 나쁘게 만드는 저 논리적인 말투. 남자는 우리가 온 걸 보더니 모자를 푹 눌러썼다. 도희는 그사이에 몰래 112에 신고했다. 김한성은 남자를 절대 보내지 않고 계속 따지며 붙잡았다. 다행히 지구대가 멀지 않아서 경찰이 생각보다 빨리 왔다.

경찰 두 명이 온 걸 보더니 남자는 당황했다. 하지만 이내 당당한 기세를 되찾았다.

"어린 애들 말을 믿으시는 거예요? 저는 그냥 지나가던 사람이에요! 행인! 이 애들도 방금 처음 봤는데, 부딪혔다고 지금 시비 거는 거예요."

"아니에요. 저 아저씨가 나연이 뒤따라가는 거 봤어요. 게임속에서도 중학생인 척하고 자꾸 치근덕댔다고요!"

도희가 말하자 남자가 비웃었다.

"참 나, 내가 언제? 증거 있어?"

"저도 봤어요. 교문 쪽에 서 있다가 오늘까지 네 번이나 나연이를 따라갔어요."

김한성도 말을 보탰지만, 남자는 콧방귀만 꼈다.

"경찰관님, 애들이 짜고 나 골탕 먹이려고 하는 거예요. 요즘 중학생들 무서운 거 아시죠?"

"그건 그렇죠."

경찰은 그렇게 말하고 우리를 바라봤다. 믿지 않는 얼굴이었다. 증거가 없는 것도 사실이었다. 증거만 있었더라면……

순간 증거가 있을지도 모른다는 생각이 떠올랐다. 비웃으며 다 안다는 듯한 지율의 그 표정, 좋은 일이 있느냐고 묻던 일, 주말에 찍었다는 커플 사진. 김한성이 그랬듯이 내 주위에 있는 남자를 커플인 줄 알았다면?

"잠깐만요! 있을지도 몰라요, 증거!"

나는 서둘러 온유에게 전화를 걸었다.

지율이 가져온 휴대폰 속 사진 덕분에 남자는 경찰서로 가게 되었다. 사진은 여러 장이었고 만화 카페와 거리 등 여러 장소에서 이 남자가 있는 모습이 찍혀 있었다. 특히 만화 카페에서

스토커

는 나를 지켜보고 있는 모습이 똑똑히 찍혀 있어서 소름이 돋았다. 게임 속에서 나와 대화를 하면서 동시에 몰래 곁에서 지켜보고 있던 것이다.

남자의 나이는 27세. 백수. 스토커 관련 범죄 기록이 있었다. 여자애들이 많이 하는 게임을 통해 또래로 위장한 다음 접근해서 신상 정보를 알아내고 스토킹하는 식이었다. 그가 지비였던 것이다.

그 사실을 확인하자마자 눈물이 왈칵 쏟아졌다. 배신감과 함께 내가 너무 바보 같았다는 생각에 자책감이 들었다. 게임 속 캐릭터는 누구나 원하는 모습으로 꾸밀 수 있었고, 얼마든지 다른 사람인 척할 수 있다. 그런데 그걸 믿어 버린 것이다.

'나한테 도대체 왜 그랬어요?'

물어보고 싶었지만 물어볼 수가 없었다. 대화를 나누면 게임 속 지비가 혹시라도 떠오를까 봐 끔찍했다.

엄마가 달려와 내가 조사를 받을 때 곁에 있었다. 연락할 때까지만 해도 게임 좀 그만하라고 하지 않았느냐는 야단이 쏟아질 줄 알았는데, 엄마는 별말 안 했다. 그저 내 손을 꼭 잡아 주었다. 엄마랑 손을 잡은 게 얼마나 오랜만인지 몰랐다.

"엄마, 미안해."

고맙다고 말하고 싶었는데, 미안하다고 말하고 말았다.

"그래도 다행이다. 널 지켜보는 좋은 친구들이 곁에 있어서."

엄마의 말을 듣고 나서야 나는 깨달았다. 게임 속에 있을 때만 외롭지 않다고 생각했는데, 그동안 현실의 내 곁에 살아 있는 사람들이 있었음을.

나연 : 지율이한테 고맙다고 전해 줘. 다음에 너랑 지율이 수제 버거 사 줄게. 너도 곧바로 지율이를 데리고 와 줘서 고마워.

온유 : 지율이가 그 사진을 널 위해서 찍은 것 같진 않은데…… 어쨌든 알았어. 수제 버거는 좋아할 거야.

사실 지율은 내가 나이 많고 못생긴 남자를 만난다고 놀리려고 한 것 같았다. 그런데 스토커라는 사실을 알고 기꺼이 협조를 해 준 것이다. 휴대폰을 경찰에게 내밀면서 지율은 자신이 중요한 역할을 한다는 것에 뿌듯한 표정이었다. 앞으로 학교에서 얼마나 생색을 낼지 뻔했다. 그래도 증거 사진이 없었다면 지비를 경찰서까지 데리고 가지도 못했을 것이다.

나연 : 오늘 고마워. 은혜 갚을게. 앞으로 또 같은 모둠 되면 민폐 끼치지

않게 더 열심히 준비할게.

　김한성 : 그냥 네 남자 친구 아니라고 하니까 궁금해서 쫓아간 것뿐이야. 호기심 그 이상도 이하도 아닌 거지. 왜? 날 거절한 게 후회되냐?

　나연 : 내일 보자.

　김한성에게도 메시지를 보냈다. 그리고 마지막은 도희였다. 달그네인 도희. 플나나 농장에서 도희가 『비밀의 화원』에 대해 말하던 것이 떠올랐다.

　콜린을 도운 건 메리예요. 비밀의 화원이라는 공간이 배경이 되긴 했지만, 메리가 없었다면 콜린은 일어설 수 없지 않았을까요? 인간을 치유할 수 있는 것은 인간이라고 생각해요.

　도희는 곁에 아무도 없다는 생각에 사로잡혀 일어서지 못하던 나에게 손을 내민 친구였다. 아무도 나를 좋아하지 않는 줄 알았다. 누군가가 나를 지켜보고 도우려고 한다는 것을 전혀 몰랐다. 이제 그 손을 온전히 잡아도 좋지 않을까. 손을 잡으면 나만의 '비밀의 화원'에 도달할 수 있을지도 몰랐다.

어떤 결말

그 뒤로 한동안 플나나 농장에 가지 못했다. 게임을 실행시키기가 무서웠다. 수사가 진행되는 동안 나는 엄마와 함께 형사 아저씨를 만나곤 했다. 요즘 이런 범죄가 잦고 수법도 교묘해서 어떤 큰일이 벌어졌을지 모른다며 이쯤에서 밝혀진 게 다행이라는 말을 들었다. 온라인 공간에서 친해진 다음 무서운 범죄를 저지르는 어른들이 너무 많다고 했다. 나는 당연히 지비가 어른이 아니고 동갑이라 괜찮을 거라고 생각했다.

지비는 주범으로, 학생들을 모으고 정보를 제공한 페퍼 씨는 공범이 돼서 연행되었다. 게다가 지비는 전과가 있고, 집행유예 기간이었기 때문에 이번에는 형량을 더 크게 받을 거라고 담당 형사 아저씨가 알려주었다.

이제 두 사람은 사라졌지만, 플나나 농장에 어떤 편지가 와 있을지 미리 겁이 났다. 이제 플나나 농장은 나에게 휴식이 아니다. 악몽이었다.

"우리 이번 주 금요일에 체험 학습 내고 놀러 갈까?"

엄마는 내 기분을 풀어 주기 위해서 많이 노력했다. 내가 외롭고 힘들어서 게임과 게임 속 친절한 사람들에게 집착했다는 것을 어느 정도 이해해 주었다.

"체험 학습 안 내도 돼. 대신 토요일에 친구…… 집에 데려와도 돼?"

내 말에 엄마는 놀라는 눈치였다. 지난 몇 년을 통틀어 내 입에서 친구라는 단어를 들은 것은 처음이었으니까. 내가 친구를 못 사귀는 것을 안 엄마가 친구가 되어 주려고 노력했다는 것을 나는 알고 있다.

"되고 말고. 엄마가 떡볶이 만들어 줄까? 아니다. 뭐 맛있는 거 시켜 줄게. 요즘 애들은 매운 거 좋아한다며? 엄청 매운 떡볶이? 마라탕? 뭐가 좋을까? 아, 먼저 집 청소 좀 해야겠다."

엄마는 나보다 더 신이 났다. 오랫동안 내가 친구를 집에 데려오길 기다린 사람처럼.

플나나 농장의 빨간 머리 앤을 따라한 초록 지붕 집 대신 도희에게 진짜 내 집을 보여 주기로 했다. 빨간 머리 앤처럼 꾸민 캐릭터나 급하게 산 값비싼 가구들과 지비가 준 장미꽃으로 치장한 집이 아닌, 실제의 나와 우리 집 말이다. 이번에 도희는 초대를 거절하지 않았다. 우리가 한층 친해진 것 같다며 무척이나 좋아했다. 달그네는 초대를 거부했지만, 신도희는 그렇지 않은 것이다.

"안녕하세요."

토요일, 도희가 우리 엄마한테 인사했다. 우리 반의 일원이기만 했던 평범한 여자아이. 이제는 나에게 친구가 되어 줄 아이가. 나의 '다이애나'이자 '메리'.

"방 예쁘다!"

도희는 내 책상을 둘러봤다. 별것 없는 시시한 방인데도 예쁘다며 좋아했다. 우리는 침대에 나란히 앉았다.

"플나나 농장 들어가 볼까?"

도희가 먼저 말했다. 우리는 오늘 함께 플나나 농장의 휴식을 삭제하기로 했다. 게임에 다시 들어가 볼 용기가 나지 않는다고 하자, 도희가 제안한 것이다.

"괜히 나 때문에 너까지 지우는 거 아냐?"

"아냐. 난 너랑 친해지고 싶어서 시작한걸. 이제 목표 달성했으니 지워도 돼."

도희가 그렇게 말해 주니까 한결 마음이 편안해졌다.

우리는 동시에 플나나 농장에 접속했다.

또 오셨군요.

플나나 농장에 오신 것을 환영합니다.

꿈 같은 휴식이 되길 바랍니다.

"꿈 같은 휴식? 칫."

내가 말하자, 도희가 풋 웃었다.

들어가자마자 새 편지 2통이 보였다. 다행히 지비와 페퍼 씨에게서 온 것은 없었다. 그동안 게임에 접속을 안 한 것인지 모든 게 다 밝혀졌으니 들어올 생각을 못 한 것인지는 알 수 없었다. 친구 목록으로 접속 기록을 확인해 봤지만, 둘 다 탈퇴한 회원이라고 나왔다.

편지 2통 가운데 1통은 봉봉 여사, 나머지는 헤르만 헤세 독서 클럽에서 온 것이었다.

To. 나쥬

겨울이 다가오고 있어요.

양털 코트가 필요하지 않나요?

양장 기술을 배워야지요.

어서 우리 집으로 오세요.

From. 봉봉 여사

드디어 양장 기술을 배우게 되었는데, 헤어지다니. 봉봉 여사에게는 개인적인 유감이 전혀 없었다. 언제나 나에게 말을 걸어 주고 따뜻하게 대해 주어 오히려 고마웠다. 어쩌면 플나나 농장의 휴식을 하면서 내가 위로받았던 것은 게임이란 공간이 아니라 내가 들어갈 때마다 말을 걸어 주고 편지를 보내 주던 봉봉 여사와 다른 NPC 덕분 아니었을까.

To. 나쥬

헤르만 헤세 독서 클럽에서 알려드립니다.

금일부터 독서 클럽이 폐쇄됩니다.

감사합니다.

From. 헤르만 헤세 독서 클럽

어떤 결말

페퍼 씨 계정이 삭제되면서 당연한 수순이었다. 중학생들을 위한 고전 명작 독서 클럽은 아예 사라져 버렸다.

"이제 삭제 하자. 이번에는 다시 복구 안 할 거야."

"좋아."

우리는 동시에 삭제 버튼을 누르기로 했다.

정말 삭제하시겠습니까?

예/아니오

"잠깐만!"

나도 모르게 소리쳤다. 문득 그런 생각이 들었다. 내가 잘못한 것은 하나도 없는데, 왜 도망쳐야 하지? 플나나 농장의 휴식은 내가 원하던 재미있는 게임이었다. 이건 아무 잘못이 없었다. 다정한 이웃과 아름다운 집, 내 농작물을 타인의 잘못 때문에 잃고 싶지 않았다. 갑자기 마음이 단단해졌다. 이대로 게임을 삭제한다면 도망치는 게 될 뿐이었다.

"굳이 플나나 마을에서 영원히 나가야 할까?"

"그게 무슨 소리야? 설마 너……."

도희가 당황했다.

"우리가 여기를 더 재미있는 공간으로 만들어서 지낼 수 있을 것 같아서 그래. 그동안 나는 플나나의 뜻을 거스르고 너무 열심히 게임에 빠졌지만, 이제 정말 쉬면서 즐겁게 보낼 거야."

"괜찮겠어? 나쁜 기억이 있는데."

"내가 피해자인데 왜 삭제해야 하는지 의문이 들어서. 앞으로 비슷한 일이 생긴다면 난 도망치는 법밖에 모를 것 같아."

내 말에 도희가 표정을 바꾸고 고개를 끄덕였다. 그 모습이 나를 믿고 격려해 주는 것 같아서 힘이 났다.

우리는 삭제하는 대신 아니오, 버튼을 동시에 눌렀다. 도희와 나는 즐겨 찾는 친구로 서로 등록했다. 우리가 어디에 있어도 서로를 알아볼 수 있도록.

게임 종료 버튼을 누르자 문구가 떴다.

또 오세요.

플나나 농장은 언제든 여러분을 기다립니다.

휴식이 되어 드리고 싶어요.

어떤 결말

오늘도, 게임이 시작되었습니다

새벽에 눈을 뜨면 자동 로그인이 되면서 게임이 시작된다. 그 때부터는 정해진 루트를 따라 움직여야 한다. 세수하고 아침밥을 먹고 청소를 한 다음 노트북 앞에 앉는다. 하지만 간밤에 수면으로 충전한 HP가 떨어져 퀘스트를 수행할 체력이 부족하다. 어쩔 수 없이 자리에서 일어나 회복 아이템을 제조하러 커피머신으로 간다. 나는 진한 커피를 마시며 HP를 회복한다. 그러곤 임무를 마치기 위한 작업에 들어간다.

나의 직업인 '작가'는 마법사 직업군이기 때문에 HP와 MP의 소모가 많다. 일반적인 체력으로는 성과물을 낼 수 없기 때문이다. MP를 회복하기 위해서도 회복 아이템을 구하거나 제조해야 하는데, 그건 사람마다 다르다. 나는 보통 매운맛 혹은 단맛을 재료로 사용한다. 떡볶이, 불족발이나 솜사탕, 진한 초콜릿 등이다. 하지만 단지 음식만이 재료로 사용되는 것은 아니다. 낮

잠이나 간단한 게임이 더 큰 효과를 내기도 한다.

나는 오전 퀘스트를 끝내고, 점심밥으로 다시 HP를 충족한다. 그런 뒤 휴대폰을 꺼내 퍼즐 게임에 접속한다. 어려운 문제를 풀면 '성취감'이라는 축복을 불러오는 동시에 MP가 빠른 속도로 회복된다.

오후 임무를 위한 작업도 순탄하지만은 않다. 충분한 HP와 MP여도 중간에 방해자 같은 적들이 등장하기 때문이다. 이는 집중력 결계를 무너뜨린다. 때문에 오후 시간을 통째로 날려 버릴 수 있는 큰 위험 요소이기도 하다. 작가는 개인플레이를 하므로 파티원을 모집해 함께 싸울 수도 없다. 하지만 방어 마법을 제대로 사용하여 이를 막아 낸다면 시간 내로 임무를 완수할 수 있을 것이다. 이렇게 하루를 무사히 마친다면 경험치가 쌓이게 된다. 특히 '마감' 퀘스트는 어마어마한 보상을 주기 때문에 순식간에 레벨업도 가능하다.

최근 '플나나 농장의 휴식'이라는 퀘스트를 받았다. 긴 시간 끝에 무사히 임무를 완수했다. 수행 시간이 길었던 만큼 레벨업도 두 단계나 했다. 이는 다음 퀘스트를 할 때 높은 능력치를 제공해서 내가 임무에 몰입할 수 있게 도와줄 것이다.

여태까지 수많은 미션을 이행했지만, 이번엔 내가 좋아하는 주제와 소재였기 때문에 뜻 깊었다. 어딘가에 있을 나연 같은 아이들이 『플나나 농장의 휴식』을 읽었으면 좋겠다.

앞으로 만렙을 찍는 그날까지 열심히 게임을 플레이할 것이다. 다시금 레벨업을 하겠다고 다짐해 본다.

선자은

플나나 농장의 휴식

1판 1쇄 펴낸날 2024년 1월 25일

지은이 선자은
펴낸이 김민지

편집 박다예, 최성휘
디자인 서정민
마케팅 장동환, 김하연

펴낸곳 미래M&B
등록 1993년 1월 8일(제10-772호)
주소 04030 서울시 마포구 동교로 134 미진빌딩 2층
전화 02-562-1800(대표)
팩스 02-562-1885(대표)
전자우편 mirae@miraemnb.com
홈페이지 www.miraeinbooks.com
블로그 blog.naver.com/miraeibooks
인스타그램 @mirae_inbooks

ISBN 978-89-8394-961-5 (43810)